短編旅館

集英社文庫編集部 編

集英社文庫

短編旅館
もくじ

花明かりの宿　阿部暁子……7
ヨイハナビ　羽泉伊織……69
楪《ゆずりは》の里　谷　瑞恵……107
父さんの春　宇山佳佑……163
宝塚の騎士　泉ゆたか……233

短編旅館

花明かりの宿

阿部暁子

◇
阿部暁子
（あべ・あきこ）
◇

PROFILE

岩手県出身、在住。2008年『いつまでも』(刊行時『屋上ボーイズ』に改題)で第17回ロマン大賞を受賞し、デビュー。著書に、「鎌倉香房メモリーズ」シリーズ、『どこよりも遠い場所にいる君へ』『室町繚乱　義満と世阿弥と吉野の姫君』『パラ・スター〈Side百花〉〈Side宝良〉』『金環日蝕』などがある。

岩手と秋田の県境、南北東を奥羽《おうう》山脈に、西を横手《よこて》盆地に囲まれた豪雪地帯の小さな町に、温泉旅館『花明亭《かめいてい》』はある。

市街地から約十キロ、山奥へ続く坂道を上っていくにつれて民家はまばらになり、あたりの木々も深くなるばかり。本当にこんなところに旅館があるのかと不安になり始める頃、唐突に旅館名と左折の矢印だけを記した簡素な看板が現れる。矢印に従って狭い道に踏み込めば、清い渓流に架けられた橋があり、それを渡った途端、時代をさかのぼったような感覚にとらわれる。

橋の先で最初に旅人を迎えるのは、古めかしい玄関に吊《つ》るされた一対の提灯《ちょうちん》のやさしい明かりだ。大正初期に建てられた木造三階建ての純和風建築は風格ある佇《たたず》まいだが、神社仏閣にいるような不思議なやすらぎも感じさせてくれる。それもそのはず、この花明亭は地元の宮大工集団が手がけたのだという。百十数年の時を経て現存する、瓦屋根と円窓の歴史的建造物に一泊するだけでも贅沢《ぜいたく》な体験となるだろう。

屋内は少々古さが目立ち、歩いていると廊下がよく軋《きし》みを上げるが、すみずみまで手入れが行き届いて清潔だ。何より従業員のおもてなしがいい。笑顔はもちろん、ときおり方言のまじる話し言葉はやわらかくて心がなごみ、かゆいところに手が届く気配りが光る。筆者は初夏にこの旅館を訪れたが、夕食後の風呂でいささかのぼせたので庭園で休んでいたところ、年若い青年が椅子とランタン、冷たい麦茶を運んできてくれた。ゆったりと椅子に身を預け、喉を潤しながら、都会では拝むことのできない満天の星をながめるのは至福の時間だった。

もちろん料理もよい。安易に高級食材に頼らず、地元で採れた特産品、旬の素材を真心込めて調理したとわかる一品一品が実に美味《うま》く、この旅館らしいのだ。浴場は岩盤をくり抜いて作られた岩風呂が二カ所あり、いずれも源泉かけ流し。二十四時間、好きな時に入ることができる。全十五室の部屋にはいずれも花の名前がつけられ、一泊二食付きで一名三万円から。

また、花明亭にはもうひとつ忘れてはいけない見どころがある。決して広大ではないが、四季折々の花が咲き競う美しい庭園だ。浮世に疲れた旅人の心を癒してくれるこの庭園を丹精するのが、花明亭の名女将《おかみ》にして、新型コロナウイルスのパンデミックも経営革新で乗り切った名経営者、早乙女《さおとめ》牡丹《ぼたん》さん（58）で――

そこまで読んだところで、私は今月発行の旅行雑誌の電子版を閉じた。私が出ていった八年前には影も形もなかったタブレット端末をデスクに置き、キャスター付き椅子の背もたれに寄りかかる。さっき自販機で買った紙パック入りのコーヒー牛乳をストローでちゅうと吸い、天井に向かって大きくため息をつく。女将代行を引き受けてから一週間、着物と結い髪《がみ》で一日を過ごすことにも慣れてきたが、やっぱり窮屈は窮屈だ。スーツ、スカーフ、パンプスで働いていた日々がすでに懐かしい。

「失礼します」

スピード感のあるノックと一緒に低い声がかけられた。ちょうどコーヒー牛乳をもうひと口含んだところで、返事ができずにいる間にドアが開き、一分の隙もないスーツ姿の朔《さく》が顔を出した。椅子にだらんともたれてストローをくわえた私を見た彼は、眼鏡の奥で冷ややかに目を細めた。

「お返事をいただく前にドアを開けた俺に非があることは承知していますが、それにしても女将代行としてその怠惰な姿はいかがなものでしょうか、あやめさん」

「見苦しいところをお目にかけてごめんなさいね、藤間《ふじま》さん。でも私も休憩中だったわけだから、大目に見ていただきたいわ。ところで何のご用？」

「もうじきチェックインの時刻ですので、お知らせに」

「まあ、そのためにわざわざ足を運んでくださったの？　ありがとう。でも、私だってちゃんと時計を見ながら仕事していますから、そんなにご心配いただかなくても大丈夫ですよ。藤間さんはフロントを預かる多忙の身でいらっしゃるし、私だってにわか女将代行とはいえまるきりの素人というわけでもありませんから」

にっこりと必殺の営業スマイルをお見舞いすると、やつはさらに強力な営業スマイルを返してきた。

「そうですね、あやめさんほどの玄人に出過ぎた真似《まね》をいたしました。一昨日《おととい》、こちらですやすやと眠りこけてしまわれていたことがどうにも忘れがたく、心配になってしまいまして」

「お恥ずかしいわ、枕が変わったせいかよく眠れなかったものだから。でもご心配いただかなくても結構ですよ、もう二度とあんなことはありません」

「そう願いたいものです」

「では私、お出迎えの用意をいたしますから」

「はい。どうぞお気をつけて」

執事よろしく一礼した朔を、苦々しい気分で横目に見ながら女将の控室を出る。東北の男のくせに京のお公家《くげ》みたいな言い回しをするところは、八年経《た》ってもまったく変わっていない。

ときおり床板が軋む廊下を進んでいくと、籐《とう》製の和椅子とローテーブルを置いたパブリックスペースが見えてくる。作務衣《さむえ》を着た仲居《なかい》さんがテーブルに真っ赤なもみじの枝を生けてくれていた。私に気づくと、東北特有のイントネーションで言いながら笑う。

「あやめちゃん、きれいでしょ？　今日はお客さん少ないから、明るくしたくって」

「いいですね、空間がすごく華やかになる。ありがとうございます」

　この仲居さんに限らず、花明亭には私を子供の頃から知っている従業員が少なくなく、彼らは昔と変わらず「あやめちゃん」と私を呼ぶ。女将代行を引き受けた時はこれでいいんだろうかと思いもしたが、お客様の前ではみんなちゃんとやってくれるし、人間関係が円滑であるほうがずっと大事だ。ガラス戸から庭園に出る時に使う和サンダルの裏まできれいに拭いてくれる仲居さんに、私はもう一度お礼を言った。

　十一年前の東日本大震災でこの古い旅館にも少なからぬ被害が出た時、ピンチはチャンスとばかりに、女将は客室の全面的なリフォームに踏み切った。二十室あった客室を十五室に減らし、代わりに全室の面積を広くした上、館内の四カ所に庭園をながめられるパブリックスペースを設けた。

　当時高校生だった私は部屋数を減らしたら売上が落ちるに決まってるじゃないかと危惧したが、結果的に花明亭は売上を伸ばした。客単価が上がったにもかかわらずリピーターが増え、その口コミが時間をかけて新規顧客も呼び込んだのだ。母は、この先旅行の形態がどんどん縮小していくことも、本当に上質なものこそがくり返し求められる時代になることも見通していたのだろう。客室を減らしたことで少数精鋭の接客も可能になった。今の花明亭は、独自の顧客データ管理ネットワークやIoTを駆使して業務を効率化し、パートさんも含めて二十名の従業員で回している。

「あやめちゃん、女将のお見舞い行った？」

「朔が行ってるからいいの」

「ごうじょっぱりだねー」

笑う仲居さんにつんとしてみせ、私はガラス戸の向こうに目をやった。さっきの雑誌でも取り上げられていたこの庭園も、元は松や犬黄楊《いぬつげ》などの常緑樹が主体だったものを、私が生まれた頃に女将が手を入れ直したと聞いている。春は桃と梅と桜、夏は紫陽花《あじさい》とあやめと池の蓮《はす》、秋は菊に桔梗《ききょう》、竜胆《りんどう》、萩《はぎ》、もみじ。地面から木々の枝まですっかり雪に覆われてしまう冬以外は、庭園のどこかに必ず花が咲いているようにした。

今、飴《あめ》色の光が降りそそぐ庭園でも、秋の花々と紅葉した木の葉が美しい色彩を競わせている。時間が止まったように変わらない眺めに私は目を細めた。懐かしいのに居心地が悪くて、息苦しいのに落ち着く、おかしな気分に襲われる。

ここには二度と戻ってこないつもりだったのに、人生はいつ何が起こるかわからない。

花明亭のチェックインは午後三時から。客足が落ち着く木曜日の今日は、宿泊のお客様は三組のみだ。

八十代の佐々木《さ さ き》夫妻は、もう二十年以上花明亭をご愛顧くださっている。四十代の小《お》野山《の やま》夫妻もリピーター九年目の常連で、部屋は『桔梗の間』をご希望だ。最後の一組は、昨日、大手旅行会社のサイトを通じて飛びこみの予約をくださった劉《りゆう》 叔華《しゆくか》様。三十二歳の女性で、ネット予約時の備考欄に「『椿《つばき》の間』に泊まりたい、きのこが苦手」と記入されている。十月下旬の現在はきのこの旬なので、今日の夕食にも裏山で採れたきのこがふんだんに使われる予定だが、劉様には料理長が地元の秋野菜とアケビを使ったメニューを作ってくれることになっている。

最初に到着されたのは佐々木夫妻だった。

「佐々木様、お待ちしておりました」

長い年月を吸いこんで木枠が黒ずんだ玄関で出迎えると、旦那様の兼蔵《かねぞう》さんが深いしわに囲まれた目をまるくした。

「もしかして、あやめちゃんかい？　びっくりしたよ！　久しぶりだねえ。あれ、牡丹さんはどうしたの？」

「少々体調を崩しまして……まずはどうぞ、お上がりください」

女将が行った大々的リフォームは予算の関係で軋みやすい廊下や古い玄関までは行き届かず、段差の高い上《あ》がり框《がまち》も大正初期のそれそのままだ。長年膝を患っている奥様の洋子《ようこ》さんのために踏み台を置き、肩を支えながら上がってもらい、次に兼蔵さんにも手をお貸しする。玄関から少し進んだ左手には、栗《くり》の古木の一枚板で作ったカウンターがあり、朔が柔和な笑顔で夫妻を迎えた。

「兼蔵様、洋子様、またお会いできて光栄です」

「うん、朔くんも久しぶりだね」

「あらぁ、ますますいい男になっちゃって」

朔は基本的にはお客様に対して極めて礼儀正しいふるまいをするが、佐々木様たちのような年配の顔なじみには名字ではなく下の名前で呼ぶような少し砕けた対応をする。それぞれのお客様に合わせて接し方を細かく調節しているようだ。私の職場では歓迎されないやり方だが、ここ一週間のお客様たちの反応を見ていると、確かに朔のおもてなしは喜ばれていた。

本来チェックインの際には氏名や住所、連絡先を記入してもらうことになっているが、長年の常連である佐々木様たちにはあらかじめ登録してある顧客データをタブレットでお見せし、変更点がないかどうかだけ確認していただいた。朔が小さく頷《うなず》いて合図してきたので、私は佐々木様たちを部屋にご案内した。

ここ十年近く、夫妻に使っていただいているのは、階段の上り下りの必要がない一階の『百合《ゆり》の間』だ。本来なら座卓と座椅子の調度も、洋子さんのためにあらかじめ無垢《むく》材のテーブルと和椅子に取り換えてある。

「そうだったのか、牡丹さん……とにかく命に別状がなくてよかったけど」

「本当にねえ。前に会った時はお元気そうに見えたのに」

二人にお茶をお出ししてから、八日前に母が心筋梗塞で倒れて緊急手術を受けたこと、それで急遽《きゅうきょ》東京に住んでいた私が帰省し女将を代行していることを話した。花明亭の跡取り娘で、共同経営者だった私の父が事故で他界したあともしゃかりきに働いてきた母は、昔から高血圧の気があったのだ。それでも元が頑丈なので術後の経過はいたって順調、問題が起こらなければ一週間後に退院する予定だと付け加えると、兼蔵さんも洋子さんもほっとしたように笑顔になった。「まあ、でも」とお茶をすったあとに穏やかに口を開いたのは兼蔵さんだ。

「牡丹さんも安心だね。あやめちゃんみたいな立派な後継ぎがいるんだから」

私は黙ってほほえんだ。私は一週間後に母が退院したら女将代行を辞して東京に戻るが、それは佐々木様たちには話す必要のないことだ。

「ごゆっくりとおくつろぎください」

指をそろえ、八の字を作った両手を畳につける。お尻が浮いたり背すじが曲がったりしないように注意しながら、額と畳の距離が三十センチになるまで頭を下げる。大学卒業後に就職してからはずっと立礼《りつれい》しかしていなかったが、小さな頃から泣いても嫌がっても叩《たた》き込まれた座礼《ざれい》は今でも体が覚えている。三秒静止して体を起こしたあとは、もう一度ほほえみ退室した。

板敷の廊下に出ると、遠い人の声とかすかな物音が聞こえてきた。フロントでのやり取りの声、仲居さんたちの声、板場から届く配膳の支度の音。昔からこの時刻にお客様を迎え入れると、花明亭はいっきに空気が華やぐ。老齢の偉大な生き物が午睡から目を覚まして動き始めるのを私はお腹《なか》の中で感じている、そんな気分になる。

廊下を進むと、仲居さんに先導されてこちらへ歩いてくる女性客と行き会った。ゆるく波うつ栗色の髪を鎖骨の上で結った、長身の女性だ。私は壁際に寄り、腰を四十五度に曲げた立礼をする。

「いらっしゃいませ。ようこそおいでくださいました」

三秒静止してから体を起こした時、ちょうど目の前を通りすぎるお客様が会釈を返してくれた。タイトスカートにミドル丈ジャケットの服装が華やかで、シンプルなメイクを施した横顔も端整なのに、ひどく憔悴《しょうすい》した雰囲気が漂っていた。

今日、おひとりで宿泊予定のお客様は一組のみだ。つまり今の女性が劉叔華様。表情が暗かったのは、長旅で疲れてしまったのだろうか？　それなら休憩してゆっくりとお風呂にも浸《つ》かれるように、部屋に食事を運ぶ時間は遅めにしたほうがいいかもしれない。ご挨拶にうかがった時に確認しよう。ただ、お客様が到着してすぐに押しかけるのも気《き》忙《ぜわ》しいだろうから、もう少し時間を置くことにする。頭の中で段取りをつけているうちにフロントに着いた。

穏やかでありながらくっきりと通る朔の声が耳に入ってきた。

「早餐在一楼餐厅，从七点到十。上午十一点之前办理退房手续（朝食は一階の食堂で七時から十時までです。十一時までにチェックアウト手続きをお願いいたします）」

仕事のためにほんのちょっと北京《ペキン》語をかじっていたおかげで、嫌みなほど声調が正確な朔の言葉の意味は私にも理解できた。カウンター越しに応対する朔に、パーカーとジーンズの服装にリュックを背負ったベリーショートの女性は笑顔で頷いた。

「好。可以刷卡吗？（支払いにカードは使えますか？）」

「可以，我带你去你的房间（お使いいただけます。それではお部屋へご案内いたします）」

カウンターから出てきた朔は、やわらかい笑顔で女性客のキャリーケースを受けとり、こちらへどうぞと手ぶりで示しながら歩き出した。進路をふさがないよう脇に寄った私の前を通りすぎる時、微笑を一切ゆらさないまささやいた。

「伝達事項がありますので控室でお待ちください」

「わかりました」

私は劉叔華様にほほえみ、腰を四十五度に曲げて礼をした。視界を通りすぎていく劉様の足取りはウサギが跳ねるように軽やかだ。先ほどすれ違った女性の、ひどく疲れているような足運びとは対照的に。

いつ何が起こるかわからない。それは人生だけではなく、旅館業も同じだ。

＊

「『桔梗の間』をご指定の小野山様が、先ほどおいでになりました」

控室にやって来た朔は前置き無しで説明を始めた。

その時フロントで応対したのは、今年新卒で花明亭に入社した平坂《ひらさか》さんだったらしい。はきはきとした口調が気持ちいい十九歳の彼女は、朔が教育係として四月から面倒を見てきたが、この頃は危なげなくフロント業務をこなせるようになってきたので、朔はフロントを彼女にまかせて奥で電話対応をしていた。そこに平坂さんから朔のスマートフォンに緊急コールが入った。現在、花明亭のスタッフは全員スマートフォンに同じアプリを入れており、不測の事態が起きた場合すみやかに連絡を取り合うことができる態勢を整えている。

「それで、奥様の菜穂《なほ》さんだけがチェックインされたのね」

「はい。平坂が二名様の宿泊予約をいただいている旨を確認すると、小野山様は、旦那様の瑛輔《えいすけ》さんが約一カ月前に病気で他界されたことをお話しくださいました」

新入社員でまだ場数を踏んでいない上、ご両親はもちろん、祖父母も親戚もみんな元気で、まだ近しい人の死を経験したことがないという平坂さんは衝撃を受けた。しかも菜穂さんが続けた言葉に困惑したという。

『夫が急死したことでバタバタしていて、こちらの予約をとっていたことをすっかり忘れてしまっていたんです。やっと思い出したのが宿泊予約の確認メールをいただいた時でした。料金は予約どおりお支払いするので、部屋もいつものように桔梗の間で、食事も二人分出してもらえますか。夫との思い出がつまったこの花明亭で、彼のことを偲《しの》びたいんです』

ここでどう対応すべきか判断しかねた平坂さんは朔に緊急コールをかけた。すぐにフロントに戻った朔は一連の事情を聞き、ひとまず桔梗の間担当の仲居さんに菜穂さんを案内するよう頼んだ。本当は朔が案内がてら詳しい話をしたかったそうなのだが、ほぼ時を同じくして劉様がいらっしゃったため、中国語ができる朔はフロントに残った。

「そういうご事情なら、旦那様の分の料金はいただかないのが筋だけど」

「ええ、本来なら。ただ今回は、小野山様が予約どおりに二名分の支払いをすることを強くお望みになっているので」

「こちらがあまりうるさく言うと煩わしく思われるかもね……ご挨拶の時、それとなくもう一度確認してみるわ」

「お願いします」

頷きながら朔はデスクにタブレットを置いた。液晶画面に表示されているのは、小野山瑛輔、菜穂夫妻のデータだ。

「もちろんあやめさんのことですので、小野山様の情報はすでに頭に入っておいでかとは思いますが、念のために」

「……ありがとう、あいかわらず気が利くわね」

「恐縮です」

朔のこの目端の利きすぎるところが、私は正直に言うと昔から少し苦手だ。朔のそばにいると自分の気の利かなさが際立つように思えたし、子供のくせに大人のような気配りをする朔が、必死で母に気に入られようとしているように見えて嫌な気分になった。たぶん朔も私のそういうわだかまりは感じ取っていて、今のように本音と建前を使い分けることを知らなかった幼い私たちは、同じ屋根の下で暮らしていてもかなりぎこちなかった。

息を吐いて気持ちを切り替え、タブレットを操作する。

小野山夫妻が初めて花明亭に宿泊したのは九年前のちょうど今日、十月二十日だ。宿泊した部屋も同じ桔梗の間で、ただしこの時は「小野山瑛輔、鈴木《すずき》菜穂」の名前で予約が入れられている。

翌年の同日に宿泊した時には「小野山瑛輔、小野山菜穂」と予約名が変わっていた。

これ以降も必ず十月二十日、部屋も同じ桔梗の間に小野山夫妻は宿泊している。

「十月二十日って、小野山様たちの結婚記念日か何かなのかしら。九年前の今日はまだ二人の名字が違うけど、翌年には同じになってる」

「俺も女将に訊《き》いたことがあるんですが、結婚記念日ではないそうです」

「そうなの？」

「はい。九年前は俺はまだ花明亭に就職していませんでしたから、小野山様たちが最初にお泊まりになった当時のことは知りません。ですが何年も花明亭をご愛顧くださっているリピーターですし、記念日なのであればお祝いのサプライズをしてはどうかと女将に提案したことがあるんです。しかし女将には『結婚記念日ではないし、それは花明亭の分を越えている。私たちはいつも通り、何ひとつ嫌なことのない時間をお過ごしいただけるように心を込めておもてなしをするだけだ』とたしなめられました」

いかにも母が言いそうなことだ。決して出しゃばらず、お客様に常に真心を尽くし、心地いい時間を過ごしていただくこと。母の女将としての信条を、私は物心がつく前からくり返し聞かされてきた。母は花明亭の顧客に愛されることはもちろん、接客のプロとして県内の百貨店や企業に請われて講演をすることもたびたびあった。

――お母さんってほんと立派だよね。いつもお客さんに対してだけは。

棘《とげ》がびっしりと生えたような低い声を不意に思い出す。母に向かって吐き捨てた時、私は夏服を着た高校三年生だった。その日の放課後、三者面談に来るはずの母がいつまで経っても姿を現さず、焦りながら家に電話をかけたら、電話口に出たのはなぜか花明亭の料理長、弦《げん》さんだった。母が出かける直前、チェックインした宿泊客が突然玄関で倒れ、母はすぐさま救急車を呼んで病院まで付き添ったのだそうだ。それは仕方がないと今は思うし、当時の私も理解はしていた。でも理解と感情は必ずしもつながらない。小さな頃から同じようなことは何度も、何度も、数えきれないほどあって、客には誠心誠意尽くす母が、娘の私に対してはおざなりであることへの鬱憤はどうにもならなくなっていた。

「あやめさん？」

朔に呼ばれて我に返り、私は顧客データを吟味していたふりをしてタブレットに指先をすべらせた。

「結婚記念日ではないにしても、特別な日であることは確かよね。今年もやっぱり十月二十日、しかも去年のチェックアウトの時点でもう予約を入れてくださってる」

「はい。それも桔梗の間に泊まることを念押しされているので、お部屋にも思い入れがおありなのだと思います。あ、ただ――九年前に初めてお泊まりいただいた時は、当初は『椿の間』をご予約いただいていたようです」

「え、そうなの？」

椿の間は最上階の部屋だ。部屋から花明亭自慢の庭園を見渡すことができる上に、周辺の山や川なども眺望できる。年間を通して人気があり、とくに今のような秋シーズンには予約が絶えない。今日は劉様が予約を取って泊まられている。

「チェックイン手続きが完了して、一度椿の間にご案内したあと、なぜか食事の直前に急遽、桔梗の間に変更されたようです。女将が手配なさったことらしく、記録が残っていました」

「あの人、なんでそんなことを？　何かトラブル？」

「理由はわかりません。ただトラブルが起きたという記録もないので、何か手違いがあったか、あるいはお客様からのご要望があったのかもしれません」

花明亭では宿泊予約の際、お客様から部屋の指定があれば可能な限りそれに応えることにしている。予約時に椿の間を指定されていたのに母がいきなり桔梗の間に変更したということは、それなりの理由があるはずだ。しばらくあれこれ考えてみたが、どれも想像の域を出ないのでため息をついてやめた。何があったにせよ、小野山夫妻がその後桔梗の間を選んで泊まるようになったということは、その部屋替えはプラスに働いたのだろう。

先ほど廊下ですれ違った、菜穂さんの翳《かげ》った横顔を思い出す。

ずっと仲睦《なかむつ》まじい夫と泊まってきた部屋に、今晩、彼女はたったひとりで泊まるのだ。

「小野山様の負担にならない程度の小さなプリザーブドフラワーとか、供物用のお菓子とか、ささやかな物をお贈りしたい。小野山様には長年ご愛顧いただいているし、まだつらい気持ちは消えないはずなのに花明亭に足を運んでくださったことに対して、こちらもお悔やみの気持ちと感謝を伝えるべきだと思う」

八年前に出ていったきり盆にも正月にも法事にも一度も帰らず、母が倒れたことでいきなり女将代行を務めることになった私の、補佐役兼お目付け役がこの朔だ。こいつは反対しそうだな、と思いつつ意見を出すと、

「それは俺も賛成です」

朔が眼鏡のブリッジを上げながら答えたので、私はまじまじとお目付け役を見た。

「何ですか、人の顔をじろじろと」

「……いや、それは分を越えている、とか言いそうだと思ってたから。あなた、あの人の腹心だし」

「自分たちの立場を理解すべき、という女将の考えは正しいと思っています。ただ大切な人を亡くすのはつらいことですし、それに寄り添おうとすることは、旅館業に携わる者としても、人としても、決して間違っていないと思います。それに女将も、もしこの

場にいらしたら、あやめさんと同じことを言うと思いますよ。やっぱり親子ですね、よく似てる」

「やめてよ。あの人に似るくらいならナマハゲに似てるって言われたほうが一億倍いいわよ」

「あやめさん、二十七歳にもなって言ってることが高校生の頃から一ミリも進化してないじゃないですか。あんなに立派な母親を嫌がる神経が俺にはよくわかりませんよ」

「そうね。立派なのは認めるし、朔にとってはいい人なんでしょうね。それは否定する気はないわ」

だからあんたも私の気持ちに文句をつけるな、という含みを朔は正確に読み取ったようで唇を引き結んだ。朔のこういう察しがよすぎるところも、昔の私は苦手だった。

花明亭の従業員だった朔の母親が病気で亡くなった時、私は中学一年生、朔は小学五年生だった。母は、自分と同じように夫と死別してひとりで子供を育てる朔の母親を、同志のように思っていたのではないだろうか。再三連絡をくり返してやっと花明亭に顔を見せた朔の伯父夫婦が、朔を施設に預けるつもりだと語るのを聞くなり、母は心臓を凍りつかせるような笑顔になって「でしたら朔くんはうちの子になってもらいますわ、男の子も欲しかったんです」と有無を言わせず朔を引きとった。これは、こっそりのぞき見していた花明亭の従業員一同が知るところだ。

突然十一歳の少年と同居することになった時、私は思春期真っただなかで、おまけに母性にあふれたタイプでもなかったから、朔を気の毒だとは理解しつつも、実の弟のように可愛《かわい》がるなんてことはできなかった。むしろ私にひと言の相談もなく朔を引きとった母に激しく反発したし、母も噛《か》みつかれたら噛みつき返す性分なので、私たちの関係は日に日に険悪になった。私にはおざなりな母が、朔にはいつもやさしいことも余計に気に障った。

けれど、それらはもう全部終わったことだ。大学進学を機にここを出る時、私は二度と母に期待して心を乱すまいと決めた。遠く離れた場所で八年をかけて自分の居場所を築き、社会人として働いてきた。予期せぬ出来事から期間限定で古巣に舞い戻ることになったが、今の私は感情を制御するすべを身につけているし、接客にもそれなりの心得がある。

私は立ち上がって着物の襟、裾が乱れていないことを確かめ、朔に向き直った。

「小野山様のお部屋にうかがいます。藤間さん、贈り物については頼んでいい？」

「おまかせください」

「よろしくお願いします」

控室を出てフロントの前を通りかかると、さっき朔との話に出てきた平坂さんが「あ」という顔をした。小さな頃から祖父母につれられて花明亭でよく日帰り入浴していたからここに就職したかった、というとても素直で人懐っこい彼女は、眉を八の字にして私を見た。

「あの、すみません、さっき小野山様のことうまく対応できなくて、あの……」

「滅多にあることじゃないから無理もないわ。私だって初めてだもの。平坂さんはすぐに藤間さんを呼んで対応できたし、落ち込む必要はない。たくさんのお客様をお迎えしているとこういうこともあるんだなって覚えておいてくれたらいい。もしまた――もちろんお客様のご不幸はないほうがいいに決まっているけど、もし同じようなことがあったら、今度は落ち着いて、お客様の気持ちに親身に寄りそって対応してさしあげて。わかったら、笑顔」

職場で新人を指導する時と同じようににっこりと笑いかけると、つられたように平坂さんも笑う。花明亭を訪れてこの笑顔で「いらっしゃいませ」と迎えられたら、お客様の心は一瞬でなごむだろう。外面のよさばかり母に似てしまった私には、少しまぶしいほどだ。

平坂さんはもちろん、ほとんどの従業員には、母が退院したら私は女将代行を返上して東京に戻ることを伝えていない。どうせすぐに出ていくやつだからと軽く見られて、いざという時に指示に従ってもらえなくては困るし、そういう思惑を腹に隠しながら笑顔で働ける程度には私は打算的だ。

ただし、一度引き受けた以上、期日まで給料分の仕事はきっちりする。それが社会人というものだ。

失礼いたします、と声をかけると、二秒ほどの間を置いて静かな返事があった。

「どうぞ」

花明亭の客室はすべて入り口が錠付きの引き戸となっているが、リピーターのお客様なので女将が訪ねてくるとわかっていたのだろう、鍵は掛けられていなかった。草履を脱ぎ、部屋に通じる襖《ふすま》の前に正座し、もう一度断りを入れてから音を立てないよう両手で開ける。

菜穂さんは、八畳の本間《ほんま》の床の間の前に立っていた。腕組みして、夜空で弾《はじ》けた花火のような花弁をまとう菊の一輪挿しをながめている。

「女将さんがいらっしゃるかと思ってましたけど、違う方なんですね」

腕組みを解《ほど》きながら菜穂さんがこちらに顔を向けた。やはり瞳が沈んで、とても疲れているように見える。私は畳に指をそろえて一礼した。

「女将の娘のあやめと申します。女将は少々体調を崩し、お休みをいただいておりまして、代わりにご挨拶にうかがいました」

「体調を？　そうだったんですか」

気遣わしげに眉をよせた菜穂さんは、床の間に視線を移した。

「でも、道理で。お部屋の花の雰囲気がいつもと違うなと思ったんです。女将さんってきらびやかな生け方をされる人だったけど、今日のはすごくシンプルだから。これ、あなたが？」

私は、ぎくりとしたのが表に出ていないよう願いながらほほえんだ。

「菊が庭園でちょうど見ごろを迎えておりましたので、飾らせていただきました。未熟な出来でお恥ずかしいですが……」

「ああ、違うの。シンプルだけどすごくいいと思ったんです。松の葉みたいな独特の花びらの嵯峨菊《さがぎく》が一輪だけ。しかも白。すごく潔くて、胸がすっとする」

菜穂《みほ》さんが笑った瞬間、思わず見惚れるほど表情が華やかになった。それに、嵯峨菊という品種をするりと口にしたことが印象的だった。

「お花に詳しくていらっしゃるんですね」

「ええ。とにかく花が好きで、フラワーコーディネーターになったくらい。こちらの旅館にお世話になるようになったのも、有名な庭園があるからって彼が――」

言葉を途切れさせた菜穂さんの顔を、またかなしい翳がみるみる覆っていく。花がしおれる様を早送りで見るようだった。

こんな時、母だったらどうするのか。

反射的にそう考えてしまったことに苦々しい気分になる。もう母親に頼る歳《とし》じゃないだろう、しっかりしろ。私は自分を叱咤《しった》しながら立ち上がり、音を立てないよう気をつけて本間の窓障子を開けた。窓ガラスの向こうには、秋の花々が咲き群れる庭園が広がっている。私は座卓に用意されていた、茶器一式のそろった盆の前に正座した。

「お茶をおいれしてもよろしいですか？」

「……ええ、お願いします」

私がお茶をいれる間、座椅子に座った菜穂さんは、昼下がりの光が降りそそぐ庭園をながめていた。あたたかいほうじ茶をそっと座卓に置くと、息を吹きかけてひと口だけ含み、美味《おい》しい、と吐息のように呟《つぶや》いた。

「改めまして、心よりお悔やみ申し上げます」

きっと、もう何度も言われた言葉だろう。なるべく負担にならないよう一礼するだけにとどめると、彼女は湯飲みを両手でつつんだまま弱い笑みを返してくれた。私はそこで一呼吸置き、今度は風を入れ換えるような気持ちで少し声のトーンを上げた。

「お食事のことでご相談がございまして。チェックインの際、予定どおりに二名様分をお出しするようにとご要望いただきましたが――」

「ええ。そうすれば、夫が一緒にいるような気持ちになれると思って。でも、思えば食べ切れないものを用意していただくのも失礼よね。やっぱり一人前にしてください」

「いいえ、どうかそこはお気になさらず」

「ううん。食品ロスとか気になるし、やっぱり無駄にしてはだめだと思うわ。私、こちらのお料理が大好きなんですよ。本当に毎年、何を食べても美味しくて」

「ありがとうございます、料理長も大変喜びます。お支払いについても、どうか旦那様の分についてはお気になさらずに……」

「いいえ、それはいいんです。どうか払わせてください。私ひとり分だと、本当に彼はもういないんだって思えて、かなしくなってしまうから」

かすれぎみの声から、こみ上げるものをせき止めるように睫毛《まつげ》を伏せた横顔から、彼女は本当に夫を愛していたのだと伝わってきた。恋愛なんて老後でいい、仕事で身を立てるほうが先だと思って生きてきた私でさえ、胸打たれるものがあった。一瞬、交通事故で急死した父の火葬の時、それまで気丈に振る舞っていた母が運ばれていく棺《ひつぎ》にいきなり追いすがって泣き出した光景が、映画を再生するように脳裏によみがえった。

「お食事は六時からご用意できますが、いかがいたしましょう」

「七時くらいにお願いできますか。ゆっくり温泉に入ってからいただきたいから」

「かしこまりました。本日は貸切風呂もすぐにご利用いただけますので、お申し付けください」

「ええ、どうもありがとう」

蜉蝣《かげろう》のように儚《はかな》げにほほえむ菜穂さんに、私もそっと笑みを返し、指をそろえて一礼した。

大学を卒業し、都内のホテルに就職した時、教育係の先輩に上品な言い回しでたしなめられたことがある。

「早乙女さんは、少しだけ、お客様に対してがんばりすぎかもしれない。もちろんお客様によって様々だけど、少なくともうちのホテルに泊まられる多くのお客様は、ホテルの人間にかまわれることをそれほどお望みではないの。求められたなら、適切な距離を保ちながら、迅速、正確、スマートに対応する。求められていないのなら、笑顔で見守り、求められる時を待つ」

新米従業員の私は、自分を選んでくれたホテルで一刻も早く役に立つようになりたくてしゃかりきだった。母の世話にならなくとも生きていけることを証明したいという焦りもあった。やる気だけが武器だった私は、ロビーできょろきょろしているお客様がいれば駆けよって「どうなさいましたか？」とはきはき訊《たず》ね、重そうな荷物を持っていれば「お持ちします！」と引ったくり、常に何かないか、何かないかとお客様を見張っていた。でも、それは空回りにしかならなかったのだ。

先輩に注意されるまで、私はそうと気づかぬまま、小さな頃から見聞きしてきた花明亭のやり方を実践していた。求められたらスマートに対応するのではなく、求められる前に先回りのおもてなしをする。もてなす側とお客様の距離は必然的に近くなり、節度をもった距離感を信条とするホテルでそれをやっては確かにだめだった。フレンチのコース料理を食べに訪れた人に、懐石料理を出してはだめなのと同じだ。たとえそれがどんなに美味しくとも。

しかし、今私がいるのは老舗温泉旅館、花明亭だ。

先ほど朔に提案したお悔やみのプリザーブドフラワーや供物のささやかな菓子。あれは東京の職場で同じことが起きたらどうするかという想定から出した案だった。もちろんあれも悪くはないと思う。菜穂さんにあまり気兼ねさせることなく、こちらの哀悼の思いを受けとっていただけるはずだ。

でも、花明亭ならば、もっと彼女の心に寄り添うもてなしができるのではないか。

これまで九年間も毎年欠かさずに花明亭を訪れてくれた人たちなのだ。もっとふさわしい真心の表し方が、愛する人を失った菜穂さんのかなしみを少しでも慰める方法があるのではないか。

考えこみながら歩いていると、目的地が廊下の向こうに見えてきた。私は一階の最奥に位置する「関係者以外立ち入り禁止」の札が掛けられた木戸を開けた。

「弦さん」

「何だ」

まっ白な調理コートに和帽子をかぶった初老の男性が、ステンレス製の調理台の向こうから低い声を投げてきた。思わずひるんでしまうほど眼光が鋭いが、赤ん坊の頃からの付き合いの私は、単にこれが弦さんの素で、怒っているのでも機嫌が悪いのでもないことを知っている。私は前菜の盛り付けをしているパートさんに会釈しながら、弦さんの向かい側に立った。

「忙しい時にごめんなさい、訊きたいことがあって。今、少し時間をもらってもいい？」

「五分だぞ」

答えながらも弦さんは手を止めず、柚庵《ゆうあん》焼きにする虹鱒《にじます》の下処理を続ける。花明亭の板場を預かるのは料理長の弦さんともうひとりだけで、しかも宿泊客が少ない今日はもうひとりの調理スタッフが有休をとっているので、今日と翌朝の食事は弦さんがひとりで作らなければいけないのだ。こんな時に申し訳ないと思いつつ、私は切り出した。

「弦さん、九年前から毎年十月二十日に桔梗の間に泊まられているお客様、わかる？」

「ああ……小野山さんっていったか」

覚えているのだ。さすがは花明亭の板場に入って四十年、女将と並んで花明亭をよく知る男だ。

「九年前の今日、桔梗の間の夕食のことで何か変わったことはなかった？」

当時私はまだここで暮らしていたが、母への反感から旅館の仕事には一切関わらなくなっていた。だからそれが何かは知らないが、小野山夫妻にとって十月二十日が特別な日となる出来事があったのは間違いないはずだ。

旅館に宿泊した場合、大きなイベントはおもに三つだ。部屋、風呂、食事。私は弦さんのところに来るまでに九年前のデータをさかのぼってその三点について確認してきた。しかし特筆すべき記録は見当たらない。それで奥の手、板場から花明亭を熟知する男に聞き込みにきた。

弦さんは布巾で手をぬぐいながら、眉根をよせた。

「何なんだ？　さっき朔もおまえと同じこと訊きにきたぞ」

「朔が？」

八年ぶりに会ったらすっかり大人になっていた、弟というには遠く、他人というには近すぎる男の顔が浮かんだ。

「おまえたち、あいかわらず似てるな」

「やめてよ、ナマハゲに似てるって言われたほうが百倍いいよ」

「おまえは二十七にもなって言動がガキの頃から変わってねえなぁ」

「それより弦さん、どう？　九年前のこと、何か心当たりはない？」

もしかしてさすがの弦さんでもそんなに前のことは覚えていないかもしれない、と不安を覚えながら訊ねたが、私は弦さんという人をわかっていない愚か者だった。

誰に物を言っている、という目つきで弦さんは言った。

「ちょうど今のおまえみたいに、夕食の準備も忙しくなってきた頃に女将が来て、いきなり言ってきたよ。『水菓子を変えてほしい』ってな」

水菓子とは、本来果物のことを指すが、今では「和食におけるデザート」程度の広い意味で使われている。――母がそれを『変えてほしい』と言った？

「どう変えたの？」

「あの日の水菓子は最中《もなか》だった。皮から焼いて、出す直前に餡《あん》と、裏山で採ってきた栗を甘露煮にしたのを入れる。だが女将に、桔梗の間の分だけは最中のふたをせずに出してほしいと言われた」

私は腕組みしながら想像してみた。最中のふたをしない。つまり下の皮に詰めた餡が剝《む》き出《だ》しになっている状態だ。

「どうしてあの人、そんなことを？」

「さあな、理由は聞かなかった。あん時ゃ確か日曜日で団体が入ってたから、こっちもクソ忙しかったんだよ。こんな時におかしなこと言ってんじゃねえ馬鹿野郎、さっさと俺のシマから出てけ、って怒鳴って追い払った」

職人気質《かたぎ》の弦さんは、普段はそれほど気が短い人ではないのだが、板場のこととなると女将の母にも遠慮なく食ってかかるのだ。

「だがあの女将も、花明亭のためなら包丁突きつけられようがひるまねえ鉄の女だからよ。やってくれの一点張りで、結局こっちが折れた。ああ、そうだ——もう一個注文つけられたな。ふたをしないだけじゃなく、甘露煮の栗を細かくして、こう、餡の上に輪っかを作ってほしいって言われたんだ」

私は、その不可思議な最中を目の前で見たかのように、脳裏にあざやかな映像が閃《ひらめ》いた。

頭の中でバラバラに散らばっていたピースが、磁石に引き寄せられるようにつながっていく。小野山夫妻が最初に予約していた部屋は椿の間で、母がそれを突然変更したこと。弦さんに奇妙な最中を作ってもらったこと。その後、小野山夫妻は毎年必ず桔梗の間に泊まるようになったこと。すべてがきれいに当てはまり、私は思わず声をあげた。

「弦さん！」

「何だ、いきなりでかい声出すな」

「お願い、その最中をもう一度作ってほしい。今夜、小野山様の夕食にお出ししたいの」

弦さんは眉間にそれは見事なしわを刻んだ。

「あのな、こっちは食材の旬だのを考えてあらかじめ献立を組み立てて、それに合わせて朝から動いてんだよ。水菓子だって全体のバランスを見て決めてる。それを簡単に変えられるわけがねえだろ。しかもあと二時間もしねえうちに夕飯が始まるって頃になってよ」

「そこを何とか。弦さんがどれだけお客様に気を配りながら食事を作ってるかはちゃんと知ってる。昔から見てきたから。献立を変えてほしいなんて、そんな血も涙もないことは言わないわ。ただ、最後に添える特別な一品として作ってもらいたいの。東北でも五本指に入る天才料理人、弦さんの手で！」

「そんなおだてに乗るかバカ娘、いいから持ち場に戻れ」

「お願い！　今夜の食事の時、どうしても小野山様に食べていただきたいの！」

私は自分の推理を弦さんに話した。九年前の今日、母が弦さんに頼んだ奇妙な最中のわけを。小野山夫妻にとって今日がどんな日であるかを。聞くうちに弦さんの険しい眉間は、少しずつほどけていった。ここが正念場だ。私はありったけの気持ちを込めて弦さんを見つめた。

「小野山様は旦那様を亡くされて、今かなしい気持ちを抱えてる。それでも花明亭に来てくれた。それはきっとここに旦那様との思い出がつまっているからだし、花明亭を好きでいてくださるからよ。そんな小野山様の気持ちに何かを返したいの。あとになって今日を思い返したら、少しだけ小野山様の心があたたかくなるような思い出を持って帰っていただきたい。これができるのは弦さんだけ。弦さんにしか頼めないの。弦さんの仕事を増やしてしまう分、私も盛り付けでも皿洗いでも掃除でも何でもするから。だから、お願いします！」

腰を九十度超に曲げた最敬礼をすると、一拍おいて、荒いため息が聞こえた。

「……っとに、おまえら母子《おやこ》はそっくりだな。客を喜ばせるのが大好きで、そのためなら頭もいくらだって下げるわ、平気で人をこき使うわ」

ぱっと顔を上げた私に、弦さんはしかめ面で顎をしゃくった。

「さっさと手ぇ洗って、手袋つけて、盛り付け手伝え。着物汚さないように、前掛けもつけろ」

「がってん！」

「東京で働いてずいぶん大人になったと思ったら、おまえ猫被《かぶ》ってるだけだったな」

ぶつぶつ文句を言いつつ弦さんは私に説明してくれた。今晩の水菓子は地元のさつまいもを使ったプリンに、カラメルソースの代わりに黒蜜をかけたものを予定しており、すでに冷蔵庫で冷やしてある。ただ、さつまいもが余ったので、潰したさつまいもとあんこを米粉の生地でくるんで蒸したお菓子を、明日の朝食のデザートとして出す予定にしていた。だから小豆の用意は十分にある。これからその小豆であんこを作る、と弦さんは言う。

「でも、今からあんこを炊いて間に合う？　私、軽トラ飛ばして買ってくるけど」

「馬鹿野郎、買ってきたもんを花明亭の名で出すなんざゆるさねえ。俺が作ったほうが美味いに決まってんだ。最中を出すのは最後の最後でいいんだろ。だったらギリギリ間に合う。皮も焼かなけりゃならねえからクソ忙しいけどな」

「よろしくお願いします！」

弦さんに再び最敬礼したところで、はっと思い出して私は板場のすみに走った。帯からスマートフォンをとり出して電話をかける。

『もしもし』

「朔？　頼んでおいた小野山様への贈り物ってもう注文した？」

いきなり用件を切り出したが、頭の回転の速い朔は『いいえ』と即答した。

『まだです。少し気になることがあって――あやめさん、今どちらに？』

「板場。間に合ってよかった、小野山様への贈り物はいったん忘れて。もう弦さんに頼んであるから。朔も聞いたでしょ？　九年前、あの人が弦さんに頼んで作ってもらった最中のこと」

朔は昔から、一緒にいると引け目を感じるくらい賢かった。だからもうすべてわかっているはずだ。

「プリザーブドフラワーも、お菓子も、悪くはないと思う。でも、花明亭でなくちゃ贈れないもの、小野山様に一番喜んでいただけるものじゃない。これが一番いいと思う」

『あやめさん、少し待ってもらえませんか。聞いてほしいことがあるんです』

私はそこでやっと、朔の声がいつもより暗いことに気づいた。元から明るさいっぱいのやつではないけど、花明亭を盛り立てることに命をかけている朔は、少なくとも仕事の場では負の感情を表に出さないのに。

『今、フロントで顧客データと売店の売上記録を確認していたんです。九年前に初めて花明亭に泊まった時から、小野山様たちはずっと瑛輔さんのクレジットカードで支払いをされています。しかし今年は、菜穂さんはチェックイン手続きの際に、支払いはチェックアウト時の現金精算にしてほしいと平坂におっしゃっていたことがわかりました』

なぜ朔はそんなことを深刻な声で語るのかわからず、私は眉をよせた。

「それがどうしたの？　何もおかしくないと思うけど」

『おかしくはないんですが、少し引っかかって……売店の記録を見ると、十月二十日には毎年必ず小野山菜穂さん名義のクレジットカードでお土産が購入されているんです。つまり宿泊料は瑛輔さんが、お土産などの購入は菜穂さんが受け持っていて、お二人とも支払いにはいつもクレジットカードを利用されていた。キャッシュレス決済が習慣化した人が、今年に限って現金精算を選ぶのが少し不自然に思えて』

確かに私も、コンビニで軽食を買う時も、自販機で飲み物を買う時も、電車に乗る時も、スマートフォンでピッとやるのがすっかり体にしみついている人間だ。母が緊急入院したと朔から連絡を受けてここに帰ってきた日、自販機でコーヒー牛乳を買おうとスマートフォンをとり出したものの電子決済用のパネルがなくて愕然《がくぜん》とし、小銭なんて持っていなかったので朔に借りた。

けれどやはりよくわからない。朔が話したことは、そんなにこだわることだろうか？

「今日はたまたまクレジットカードを忘れたとか、思うところがあってカード決済から現金に切り替えたとか、そんな事情なんじゃない？」

『確かに、それも考えられます。ただ……』

「朔。私たちがお客様と関わるのは、チェックインからチェックアウトまでのほんの少しの時間だけよ。宿の外でお客様が送っている人生を、私たちは何も知らない。菜穂さんが旦那様を亡くされていたことを知らなかったみたいに。知らないことをいくら考えようとしたって私たちにはわからないし、わかってもいけないと私は思う。そこにいるのがその人の人生をほとんど知らない親切な他人であることが、宿でひと晩を過ごす人を救うことがあると思う」

それは大学を出てから四年半、ホテルで働き、多くのお客様と接してきて感じたことだ。自分の人生を知られることも、自分自身を理解されることも、時として苦痛になることがある。親切な無関心と清潔なひと晩の宿が、疲れ切った心身をつかのま救ってくれることがある。

母が何度も言っていた「分」とは、もしかすればそういうものなのかもしれない。何度も失敗して恥ずかしくて死にたい気分になりながら働いて行き着いた考えがあの人と同じものなんて、ナマハゲに齧《かじ》られたほうが十億倍マシな気がするけれど。

「おい、あやめ。何やってんだ、さっさと皿洗え」

「はい、すみません！　朔、今は忙しいから切るよ」

『あやめさん』

「細かいこと気にしてないで、ちゃんと仕事しなさい。フロントはホテルの……まあここは旅館だけど、顔なんだから」

スマートフォンを耳から離した瞬間、朔がもう一度呼んだような気がしたが、私は通話を切った。それからパートさんが出してきてくれた割烹着《かっぽうぎ》をつけて、フルスピードで皿洗いを始めた。

＊

菜穂さんの希望どおり、桔梗の間の食事は夜七時に始まった。

ひとりで板場を仕切る弦さんは、お造りを華麗に盛り付けたかと思えばあんこを練り、お客様に固形燃料を使って炊いてもらう銀杏《ぎんなん》とむかごの炊き込みご飯を用意したかと思えば、専用型を使って美しく繊細な最中の皮を焼き上げた。まさしく八面六臂《はちめんろっぴ》の活躍で、私も後片付けや盛り付けを手伝い、最後のほうは弦さんがこよなく愛するクイーンの曲を熱唱して応援した。

「できたぞ」

そのひと言を告げた時、さすがの弦さんも疲れた色を隠せないようだった。ステンレスの作業台の上には、紅葉したもみじを連想させる朱塗りの皿が三つ。弦さんは桔梗の間だけでは申し訳ないからと、佐々木夫妻と劉様の分まで最中を作ってくれたのだ。

部屋付きの仲居さんたちが佐々木夫妻の百合の間と、劉様の椿の間に最中を運んでいく。でも最後の一皿は、私がお盆にのせて持った。

「本当にありがとう、弦さん。無理を頼んでごめんね」

「そういうことは一回言やぁもういい。どうだ、出来は」

腰を叩きながら訊ねる弦さんに、私は力をこめて頷いた。

朱塗りの皿に置かれた最中は、優美な八重菊が焼きつけられている。ただし、菊模様を楽しませる上の皮は、餡にかぶせるのではなく下の皮のふちに立てかけてある。弦さんお手製の餡は紫を含んだ焦げ茶色で、照明の下でつやつやと美しくかがやいている。

敷き詰められた餡の中央には、細かく砕いた栗の甘露煮のかけらが円形に並べられている。熟練の職人である弦さんが作ったそれは一切のゆがみがない真円、あざやかな金色の輪だ。

「必ず喜んでいただけると思う」

「だったら早く持ってけ。湿気たらまずくなるぞ」

弦さんに追い払うように手を振られ、私は板場を出た。廊下を進んで階段を上がり、二階奥の桔梗の間を目指す。部屋の戸が見えてきた時、後ろから声がした。

「あやめさん」

ふり向く前から誰かはわかっていたが、朔は予想以上に深刻な表情をしていた。

「どうしたの？」

「今から小野山様のところに？」

「そうよ。ほら、これが九年前、あの人が弦さんに作ってもらった水菓子。たぶん瑛輔さんから話を聞いて、急いで弦さんに頼みに行ったのよ」

瑛輔さん、菜穂さんが当初は椿の間に泊まるはずだったところを、母によって桔梗の間に変更されたのも同じ理由からだろう。それは朔もわかっているはずだからわざわざ言いはしなかった。それよりも今は時間がない。桔梗の間に向かおうとすると、腕を引かれた。朔は、眉間に深い線を刻んでいた。

「何なのよ?」

「さっきの話、続きがあるんですす。確証はないんですが、もしかしたら——」

「またその話? あとで聞くからフロントで待ってて。今は時間がないの、せっかく弦さんが作ってくれた最中が湿気ちゃう」

朔の手を振り払って、足を急がせた。失礼いたします、と引き戸の外から声をかけると「どうぞ」と返事がある。心なしか、挨拶にうかがった時よりも声が穏やかだ。源泉かけ流しのお風呂や弦さんの料理が彼女の心をなごませたのかもしれない。本間に通じる襖の前で膝をつき、もう一度声をかけてから、私は両手で開けた。

「お料理、とっても美味しかったですよ。すごい量なのにひとりでペロリ」

浴衣に羽織姿の菜穂さんは、座椅子にゆったりともたれながら笑った。お酒が入っているからか、頰が上気して持ち前の華やかさが際立っている。

「それは何よりです、料理長も喜びます。ところで——まだお腹に余裕はおありでしょうか。特別のお菓子をお持ちいたしました」

「お菓子? でもデザートは、さっきとっても美味しいプリンをいただいたけど……」

きょとんとする菜穂さんに、私はにっこりとして部屋の中に入った。仲居さんがきれいに片付けてくれた座卓には、まだ湯気を立てているそば茶の碗《わん》だけがある。私はその湯飲みのとなりに、そっと朱塗りの皿を置いた。

菜穂さんの目がみるみる大きく開かれて、雨粒の落ちた水面のようにゆれた。

「初めて花明亭にお泊まりいただいた時にお出ししたものです。当時と同じように、料理長が餡と皮から作りました」

九年前、この桔梗の間であった出来事は、この最中が物語っている。

当時の瑛輔さんは、菜穂さんにプロポーズするために、彼女と花明亭を訪れたのだ。片田舎の小さな旅館だが、花明亭には評判の庭園がある。きっと瑛輔さんは、花が好きでフラワーコーディネーターにまでなった彼女が喜ぶと考え、ここを一世一代の大仕事の場に選んだ。最初に椿の間を選んだのも、景色が美しく見える人気の部屋であることを下調べしていたからではないだろうか。

また瑛輔さんは、おそらく女将に事情を打ち明け、応援を頼んだ。母の性格を考えれば、そんな頼み事をされたら全力でプロポーズを成功させようとするはずだ。そこで母が弦さんに頼んで作ってもらったのが、この最中だ。

ふたをせずに上の皮を立てかけた姿、何よりも餡の上に砕いた栗で作られた真円。

これは、指輪を模している。最中のジュエリーケースの中で、艶《つや》めく餡をクッションに、あざやかな黄色にかがやく輪は、瑛輔さんの想《おも》いを伝える婚約指輪だ。

だが母としては、プロポーズを成功させるためにはこれだけでは足りなかった。部屋だ。椿の間でも悪くはないが、もっともふさわしいとは言えない。桔梗の間でなければならなかったのだ。

なぜなら、桔梗の花言葉は『永遠の愛』だから。

もちろん花言葉を気にされないお客様も多い。たとえば最初は椿の間——椿の花言葉は『控えめなすばらしさ』だ——を選んでいた瑛輔さんのように。けれど相手がフラワーコーディネーターという職につく菜穂さんならば、ここは絶対に押さえるべきポイントだと母は考えたのだ。

母のアシストが功を奏したのか、それとも母のお節介などなくともすでに菜穂さんの心は決まっていたのか、それはわからない。

ただ翌年から、瑛輔さんと菜穂さんは同じ姓となり、二人で思い出の桔梗の間に泊まるようになった。プロポーズ記念日の十月二十日に。

「小野山様には、旦那様とともに、長年花明亭をご愛顧いただいてまいりました。旦那様との思い出を偲ぶ夜に、こちらのお菓子がせめてもの慰めになれば、と——」

何度も頭の中で練習をして、実際最初はすらすらと出ていた口上が、途中で頭から消えた。

菜穂さんは美しい最中を凝視していた。その表情は懐かしい思い出に浸っているものとは到底思えなかった。荒れくるう激情を必死で押し殺し、そのために石のように固まってしまった、そんな表情だ。

彼女の内側でじわじわと水位を上げていたものが、不意に堤防を越える。菜穂さんは苦痛に襲われたように顔を激しくゆがめ、顔を覆いながら体を折った。

私は動けなかった。菜穂さんのまだお風呂上がりの水気を含んでいる栗色の髪が、震えに合わせて肩から流れ落ちる。彼女のこんな姿は想像していなかった。私が思い浮かべていたものは、彼女の笑顔や、ちょっとだけ涙を含む目、そんなもので、こんな身も世もなく苦しさを吐き出すように泣く彼女を目の当たりにするとは夢にも思っていなかった。

「あの日の彼、ここに来た時から、気づいてないふりをするのも難しいくらい、ずっとそわそわしっぱなしで——」

喉に紙やすりをかけられたようにかすれた声が、切れ切れに言葉を紡ぐ。

「女将さんがせっかく部屋を『桔梗』に変えてくれたのに、彼はその意味もわかってなくて、きょとんとしてた。食事が終わってこの最中が運ばれてきた時だって、私よりも、彼のほうがずっとびっくりしてた。ほら今が言う時よ、って最中を運んできてくれた女将さんが合図してくれてるのに、彼は『こんなにきれいな最中は初めてみました』って感動してて、もうタイミングを逃しちゃいそうだったから、私のほうから言ったの。ずっと一緒にいてくださいって。逆なのかもしれないけど、かまわなかった。まじめなのにちょっと抜けてる、やさしい彼のことが大好きだった」

菜穂さんが苦しげにしゃくりあげ、しばらく言葉は途切れた。私は彼女の両手の指の隙間からこぼれた透明なしずくが、黄色い輪を抱いた最中に降るのを見た。

「わからない。今でも、どうしてなのか、何が悪かったのか、何ひとつ。だって、つい去年だって私たちは一緒にこの旅館のこの部屋で、美味しいねって言いながら料理を食べて、お風呂に浸かって、くっついて眠ってたのよ。その時だって彼はやっぱり少しだけ抜けてて、でもすごくやさしかった。それが、ねぇ、なんで?」

私は見えない縄でじわじわと喉を絞められているような心地がした。自分がとんでもない間違いを犯したということが、彼女の途切れては紡がれる言葉からわかってきた。

「何回も、何回も、謝られた。僕が悪いって、菜穂は何も悪くないって。でも、じゃあ私が悪くないなら、なんでなの? あの日、泣きながらずっと一緒にいようって言ってくれたのに、それからも何回も好きだよって言ってくれたのに、どうして突然そんなことを言い出すの? いつその人を好きになったの? いつその人への好きが私への好きよりも大きくなったの? いつ私じゃなくてその人とずっと一緒にいたくなったの? わからない。わかるのは、彼はまじめだから、土下座して私に謝ったってことは、もう絶対に気持ちを変えることはないってこと。私は彼にとって必要じゃなくなったってこと。でも――どうして?」

何かを言わなければと思って口を開けたが、出てくるのは間抜けな息の音だけだった。

ゆるく波うつ長い髪に顔を隠したまま、菜穂さんは涙に濡《ぬ》れた声で続ける。

「親に話したり、泣きながら謝る彼の両親を慰めたり、友達とか彼と共通の知人とか、私を見ると何を言えばいいかわからないって顔をする人たちに『大丈夫だから』って笑ったり、そういうことをしてるうちにあっという間に時間が過ぎた。すごく疲れた。もう消えちゃいたいくらい疲れて、そんな時、花明亭から宿泊予約一週間前の確認メールが届いたの。いつもあのフロントの男の子がくれるのよ。今年も庭園で秋の花がきれいに咲いてること、周りの山も紅葉に染まってること、今年はきのこが豊作なこと。そういうことが丁寧に書かれていて『心よりお待ちしております』って最後にあった。私を待ってくれてる人たちがいるんだ、って思ったら涙が出た。ずっと心が干からびた気分だったけど、そうだ、お風呂にゆっくり入って、美味しいものをたくさん食べようって考えたら、ひさしぶりに少しだけ元気が出た」

そうして、彼女は花明亭を訪れた。ひとりで。

「彼のことを知られたくなかったから、病気で死んだってことにした。嘘《うそ》をついて申し訳なかったけど、フロントの女の子がすごくかなしそうな顔をして、メールをくれた彼もお悔やみを言ってくれて、そうしたらだんだん自分でも本当にそう思えてきた。私は彼に裏切られたわけじゃなく、捨てられたわけじゃなく、どうしようもない理由で彼はいなくなってしまっただけなんだって。ひどいけど楽になった。かなしい顔をすればするほど楽になった。このまま嘘をついて明日チェックアウトしようと思ってた。でも、もうおしまい」

乾いた笑い声が、うつむいた彼女の喉からこぼれた。

「罰が当たっちゃった。彼が死んだなんてひどい嘘をついて、この旅館のやさしい人たちを騙《だま》そうとしたから。この最中、これを出されたら、もう——」

うー、とうなり声をもらして彼女はまた泣いた。体を雑巾のように絞って嗚咽《おえつ》し、しゃくりあげ、声を震わせては涙を流す。一度も私に目を向けないまま。

私は身動きができないまま、座卓に置かれた美しい最中を見ていた。そば茶の湯飲みからはもうすっかり湯気が消えている。私の無理を聞いて弦さんが焼いてくれた皮も、きっともう湿気てしまっただろう。

彼女を断罪したかったのではない。彼女に少しでも喜んでほしかっただけだ。

だがそれは言い訳にならない。私は、お客様の気持ちを見誤り、しなくていいことをした。

分をわきまえる。母が朔に教えた言葉が、今、ずっと遠くから遅れて届いた星の光みたいに胸に刺さって、痛かった。

＊

花明亭の庭園は、夜間のライトアップはしないので陽《ひ》が沈んでしまえば闇に覆われる。ただ今晩は晴れている上に満月で、清潔な青い光が秋の花たちを照らしていた。おまけに人里離れたところに建つ花明亭の周囲には山や森しかなく、余計な明かりがないおかげで、嘘みたいにたくさんの星が見える。私は一週間前、八年ぶりに帰郷してきた真夜中に降ってくるような星空を見上げて、そうだ、自分の立つここは地球で宇宙の一部なんだと、小学生でも知っていることを感動に打たれながら思い出した。

冷気を帯び始めた夜風に、桔梗と、その隣に植えられた竜胆の花が優雅にゆれている。今はただのこんもりした葉っぱのかたまりでしかない躑躅《つつじ》のかげにしゃがみ込んだ私は、紙パック入りのコーヒー牛乳をストローで吸った。従業員が庭園に姿を見せるのは本来よくないのだが、この暗さだから客室からは見えないはずだ。

「そのヤンキー座り、あいかわらずですね」

声がしたと思うと、月を背にした朔が歩いてきた。ネクタイを外して、ワイシャツのボタンも二番目まで開けている。こんなにだらけた姿は初めて見たが、パーカーとジャージ姿の私に比べたらまだまだだ。

朔は私の隣に腰を下ろすと、持っていたバナナ牛乳のパックにストローを刺した。

「牡丹さんに怒られると、いつもここですねてましたよね」

「こっちを見るな、今の私はすっぴんよ」

「あやめさんのすっぴんなんて両手両足の指を合わせても足りないくらい見てますよ。むしろメイクした顔を一週間前に初めて見て衝撃を受けましたよ」

「何それ？　あんた喧嘩《けんか》売ってんの？」

「最後に会った時は高校生だったのに、駅まで迎えに行ったらいきなり大人の女性になっていたから、びっくりした」

それはこっちの台詞《せりふ》だ。

あの日、仕事を終えてスマートフォンを確認したら、八年間ほぼ連絡を取っていなかった朔から着信が入っていた。留守電を再生すると、不安を抑え込んでいるような低い男性の声が、母の入院と緊急手術のことを知らせた。職場から東京駅に直行して最終の新幹線に乗り、日付が変わる直前に駅に着いたら、誰だかわからないくらい背が高くなって大人の男に変わった朔が私を待っていた。

バナナ牛乳をひと口飲んだ朔が、小さく息をついた。

「す――」

「すいませんとか言ったら引っぱたく。あんたの話を聞かずに突っ走ったのは私よ。あんたは菜穂さんのことをずっと話そうとしてたじゃない」

　昔から、朔はそうだった。大ざっぱで細かいことを考えるのが嫌いな私と違って、些《さ》細《さい》なことにもよく気がつき、その行動によって何が起きるか、先まで読める子だった。私にはそんな朔が回りくどく思えてイライラしたが、本当は私にはできないことを母の前でやってみせる朔に嫉妬していたのかもしれない。

「売店で話を聞いたら、小野山様は今日、お風呂から帰られたあとに美容クリームを購入されたそうです。浴場に置いていた試供品を試されて気に入っていただけたのだと思いますが、あれは一万円近い比較的高額の商品です。それでも小野山様は今年に限って現金で支払いをされた。あやめさんの言うとおり、単に思うところがあってクレジットカードを使うのをやめたのかもしれない。だけど、実は使いたくとも使えない事情があるのかもしれない――そういう可能性を考えました。では、クレジットカードを使えない理由とは何か」

「名字ね」

　朔は静かに頷いた。

「クレジットカードには番号や有効期限と共に、所有者の氏名が印字されている。小野山様はそれを見られたくなかったのではないか、そう考えました。カードに印字された姓と、宿泊予約の際の姓が違っていることがわかってしまうから」

現在の菜穂さんのクレジットカードには、こう印字されているはずだ。『NAHO SUZUKI』と。

結婚する時に妻が夫に姓を合わせた場合、夫と死別しても姓を変える必要はない。結婚の際に夫と新しく作った戸籍に入っていることに変わりはないからだ。

夫側の姓を使っていた女性が旧姓に戻るのは、多くの場合、離婚した時だ。

「あんたの話を、ちゃんと聞いておけばよかったね。今さら言っても遅いけど」

暗がりでゆれる桔梗の花をながめ、菜穂さんの姿を思い出す。唇を震わせ、肩を震わせ、体に詰まっていた膨大なかなしみを吐き出すように泣き続ける姿を。

「ねえ。『花明亭』の由来って知ってる?」

「『花明かり』から取った名だと牡丹さんに聞いたことがあります。春、桜の花が満開で、夜でもあたりがほのかに明るく見える、という意味の」

「そう。戦前に一度山火事があってかなり燃えちゃったそうだけど、昔はこのあたりにたくさん桜を植えていたから、その眺めから取ったらしいわ。その話をあの人に聞いた時にね、言われたんだ。『旅館とは花のようなものだ』って。きれいな色で、いい香りで、お客様の心をなごませる。夜をほんの少しだけ明るく見せる。でもそれ以上のことはできない。私たちにできるのはその程度のことだということをわきまえて、ただ心を尽くしておもてなしすることに努めなさい、決して思い上がってはいけない、って」

戒められたその時、確か高校生の私は大型連休の繁忙期に手伝いに駆り出され、お客様にサービスのつもりで何か余計なことをしたのだ。細かいことはもう覚えていないけれど、母に説教をされ、ヘソを曲げた私は、こんな古臭い旅館を継ぐ気なんてないから平気だ、と言い返した。その通り、高校を卒業するなりここをとび出した。

だが今は、あの言葉を痛切に実感する。やはりあの人は、正しかった。

「思い上がってたのよ、私。菜穂さんが旦那様を亡くされたって聞いて、何かしてあげたいと思った。今日が瑛輔さんからプロポーズを受けた日だって気づいた時、思い出に残ることをしてあげたいって思った。『あげる』なんて考えがどれだけ思い上がっているか自覚してなかった。私たちにできるのなんて本当にちっぽけなことだけなのに、それを忘れていた。だから菜穂さんの気持ちを置き去りにしたまま突っ走って失敗した」

「後悔してると言ってるんですか？」

朔の声は思いがけないほど鋭かった。眼鏡の奥から私を見つめる目も。

「してないわけないじゃない。お客様を泣かせた上に、罰が当たったなんて言わせて、最低よ」

「確かに結果的に小野山様をかなしませはしたかもしれない。でも、だったら何も気づかないふりをして無難な贈り物で波風立てずに終わらせようとしていた俺のほうが正しいんですか？　それは絶対に違う。結果は別として、小野山様に少しでもいい思い出を作ってさしあげたいと思ったあやめさんの行動は、間違ってない」

弟のようなものではあるけど馬が合わないこいつにそんなことを言われるとは思ってもみなかったから、私はストローをくわえたまま朔を凝視してしまった。

「旅館って、もともとお節介なところでしょう。少なくとも花明亭はそうだ。由緒あるホテルみたいに洗練されてもいないし、個人主義でもない。もっと雑で、お客様との距離が近くて、働いている誰も彼もが、泊まりに来た人に何かしてあげたい、喜ばせたいって張り切ってる。もちろんリピーターになってほしいとか、いい口コミを広げてほしいって下心もしっかりとある。でも、それだけじゃない。どうしてだか、お客様に笑ってほしいっていうお節介な気持ちがある。──俺も、ひとりぼっちになりそうだった時、そういうお節介に助けられた」

母親と死別し、私の母に引き取られた朔は、花明亭で働く老若男女にかわいがられ、叱られ、こき使われて育った。私がそうであったように。

「あやめさん、あなたのお節介を否定しないでください。それは少なくとも、花明亭に限らず、人をひと晩預かってもてなす宿で働く人間には必要なものだと俺は思います。今回のことが百パーセントの失敗だとは、まだ決まってない」

朔は有能フロントマンの顔で断言した。

「お客様が花明亭の門から出ていかれるまでが、俺たちの仕事です」

――ずいぶんと生意気を言うようになったじゃないか。

私は残っていたコーヒー牛乳をいっきに吸引し、へこんだ紙パックを握りつぶしながら立ち上がった。見下ろした朔に、にっこりと必殺の営業スマイルを向ける。

「どうもありがとう、藤間さん。だけど私は女将代行、自分でしたことの後始末は自分でします。あなたみたいなヒヨッコの手は借りなくても大丈夫ですから、あなたはあなたの仕事をしてください」

一瞬不意を突かれた顔をした朔は、しかしすぐに立ち上がり、私よりも頭半分高い位置から完全無欠の営業スマイルを返してきた。

「女将代行、ひとつよろしいですか?」

「ええ、よろしくてよ」

「あやめさんは大学を卒業後に就職して現在五年目、俺は高校を卒業後に花明亭に就職して七年目。確かに年齢《とし》はあやめさんが少し上ではありますが、就業者としての経験はあやめさんよりも長いです。ヒヨッコ呼ばわりはいただけません」

「うるっさいわね、あんたは細かいことをいちいち」

＊

花明亭のチェックアウトは、お客様にゆっくり支度していただくために十一時に設定されている。翌日、一番早く帰られたのは劉叔華様だった。七時頃に朝食を召し上がり、それからものの三十分でキャリーケースを引いてフロントに現れた。今日はこれから県内の別の温泉に泊まるのだと、精算の際、朔に楽しそうに話してくれたそうだ。玄関でお見送りした私にも、弾けるような笑顔で手を振ってくれた。

佐々木夫妻も劉様と同様、七時ごろに朝食を召し上がったが、そのあとはお風呂に行かれ、十時少し前にフロントにやって来た。朔は奥様の洋子さんに「去年大学を卒業した孫娘と会ってみない？」と熱心に口説かれていたが、完璧な笑顔で受け流していた。玄関でお見送りした私に、兼蔵さんも、洋子さんも笑顔で手を振ってくださり、噂《うわさ》の孫娘が運転する車で帰っていった。

十時半を過ぎた頃に、菜穂さんはフロントにやって来た。

チェックアウトの手続きは朔が担当するので問題は起こり得ない。私は菜穂さんに姿を見られないように控室に向かった。戻ってくると、ちょうど菜穂さんが精算を終えたところだった。

朔にありがとうと声をかけ、キャリーケースを引いて歩き出した菜穂さんは、私に気づくと足を止めた。私は腰を九十度に折って頭を下げた。

「昨晩は、大変失礼をいたしました」

菜穂さんは黙ったまま、目を引きつけられたように私の手もとを見ていた。私は包装紙でつつんだそれを、菜穂さんに一歩近づいてさし出した。

「お荷物を増やしてしまい恐縮ですが、もしよろしければ、お持ちくださいませんか。つい先ほど、庭園から切ってきたばかりです」

「――きれいな竜胆」

そっと伸ばされた両手に、私は包装紙にくるまれた竜胆の花束を渡した。今朝は冷え込んだので、サファイアにも負けない深く高貴な青の花は、水晶の粒のような朝露をまとっている。

夢のように美しい花をしばらく見つめた菜穂さんは、私を正面から見つめた。からかうように少しだけ口の端を引き上げて。

「竜胆の花言葉は『勝利』『正義感』、それから『さびしい愛情』。確かに今の私にぴったりね」

「それだけではなく、もうひとつ――」

「『あなたのかなしみに寄り添う』ね。もちろん知ってるわ。私、花の専門家なんだから」

　私は心の底から驚いた。

　菜穂さんが笑ったのだ。台風が去った翌朝の空のように晴れやかに。

「ありがとう」

　それは、彼女の口から聞くとは夢にも思わなかった言葉だ。

「昨日、鼻の奥で錆《さび》のにおいがしてくるまで泣いたの。皮がぷよぷよになっちゃった最中を食べながら泣いて、もう一度温泉に入りながら泣いて、お風呂上がりの化粧水をつけながら泣いて、布団の中でもまた泣いた。こんなに泣けるんだ、って最後のほうはもう快感になっちゃった。私、彼と別れてからずっと、一度も泣いてなかったの。泣いてしまったら、自分の肝心なところが決定的に壊れてしまう気がしていたから。でも今朝起きてみたら、壊れるどころか、すごくお腹がすいてて音まで鳴った」

　彼女は清々《すがすが》しい笑みを浮かべたまま、玄関の外に目をやる。紅葉もじょじょに終わり、山々の木々の葉が散り始めた景色に、澄み切った秋の陽射《ひざ》しが降っている。きれいね、と菜穂さんが呟いた。

「このきれいな景色を見ながら、食堂でお腹がはち切れそうになるまで朝ごはんをいただいて、またお風呂に入った。ご年配の素敵な婦人が先に入っていらしてね、お互いどこから来たとか、昨日の夕食が美味しかったとか、そんな話をしたわ。それから部屋に戻って、窓辺で庭園をながめながらゆっくりとお茶を飲んだ。そうしたらね、今、生まれ変わったみたいにすっきりしてる」

外をながめていた彼女の目が、再び私を見つめた。

「どうもありがとう」

もう一度くり返したその声は、落ち着いて力強い。

「あなたが用意してくれたあの最中のおかげで、彼と過ごした時間をたくさん思い出した。いいことも、嫌なことも、思い出したくなかったことも、忘れたくないと思っていたのにいつの間にか忘れてしまっていたことも。別に私は何も変わってない。彼に捨てられてみじめな気持ちが消えないまま。彼と、今彼と一緒にいる人のことを考えると、殺したいほど憎くなる。何も変わってない。でも、今日起きてお腹が鳴った時、私は大丈夫なんだってわかった」

菜穂さんは、はっとするほど華やかに笑った。

「ありがとう。また来年も来るので、その時はよろしくお願いします。今度は別の部屋に泊まって、違う景色を楽しみたい」

目と鼻の奥に熱い痛みがこみ上げた。だが女将代行としてお客様の前でみっともない姿を見せるわけにはいかない。私は全身全霊をかけて最高の笑顔を作った。

「はい。心からお待ちしております」

手を振った菜穂さんが、駐車場のほうへ歩いていく。私はありったけの思いを込めて玄関前でおじぎをした。彼女が車のドアを開け、閉め、エンジンをかけ、そして車が走り去る音を、頭を下げたまま聞いていた。

「……もう、お帰りになりましたよ」

後ろから足音が近づいてきて、よく知っている声が言わなくてもわかっていることを言う。私が顔を上げないのではなく、上げられないことを知っている弟のようなやつは、そっと私の背中に手を当てた。そして何かいい感じのことでも言うかと思いきや、有能フロントマンのビジネス口調でこう言った。

「女将代行、お疲れさまでした。しかし本日は金曜日、花明亭は満室御礼で大変忙しくなることが予想されます。すみやかに顔を洗い、業務にとりかかっていただけますでしょうか」

イラッとした私は頭を下げたままポケットティッシュをとり出して顔の突貫工事を済ませ、体を起こすなり鍛え抜いた営業スマイルをお見舞いした。

「ええ、承知しておりますよ藤間さん。あなたこそしっかりお願いしますね。フロントは宿の顔なんですから」

「無論心得ておりますのでご心配なく。それと、中休みに女将のお見舞いに行きますが、あやめさんは」

「行かないわよ、もちろん」

頑固だな、とため息まじりに呟く朔を置いて、私は胸を張って玄関の内に戻る。朔が言うとおり、今日は大勢のお客様がいらっしゃる。私がそうであるように、従業員一同、今からすでに張り切っていることだろう。

なにせここは、人を喜ばせるのが好きな人間ばかりが集まる旅館、花明亭だから。

ヨイハナビ

羽泉伊織

◇
羽泉伊織
（はいずみ・いおり）
◇

PROFILE

1997年生まれ。東京都出身。京都大学教育学部卒業。2021年、『蒼天のイエスマン』(『ヒーローはイエスマン』に改題)で、第2回エブリスタ×ナツイチ小説大賞を受賞し、デビュー。

「ルイ兄《にい》」

新幹線の車内。隣で中学二年生の真琴《まこと》が、瑠衣《るい》の方にスナック菓子の袋を差し出してくる。こちらを見つめる大きな目は、五年前に死別した母親似らしい。

「………」

瑠衣は差し出された袋を無言で返す。通路を挟んで左側の席では、瑠衣の母と真琴の父がガイドブックを覗《のぞ》きながら楽しげに話している。

「これ、ルイ兄が好きそうだと思ったんだけど」

真琴がしつこくスナック菓子を勧めてくるので、お構いなく、と短く返す。大学二年生の義兄に気を遣うというのはどんな気分なのだろう、とぼんやり思う。

四年前に実の父の不倫が発覚し離婚して以来、母はしばらく精神的に不安定で、そんな母を瑠衣は主に家事の面で支えた。その頃はまだ母への同情の気持ちがあった。しかし半年前、母は突然再婚の決意を瑠衣に打ち明けた。少し前から交際していたことや、相手に中学生の娘がいることなどを説明されたが、ろくに頭に入ってこなかった。そして母は瑠衣の肩に手を置いてふと表情を緩め、

「心配かけてごめんね。これから二人でまた、幸せになろう」

そう言われた時、瑠衣は失望した。再婚について今まで相談されなかったからではない。知らないうちに母が立ち直っていたからでもない。

瑠衣は謝罪など聞きたくなかった。ただ、感謝してほしかったのだ。この三年半、多少なりとも母を支えてきたことに、一言でもいいからありがとうと言ってほしかった。

しかしそれを口に出せるわけもなく、気が付けば新しい家族ができてもうすぐ半年。そして先月に真琴の父がお盆休みを利用して二泊三日の京都旅行へ行こうと言い出し、今に至る。

「ちょうど有給も取れたし、初めての家族旅行には良《い》い時期なんじゃないかな」

というのは建前で、おそらく瑠衣が新しい家族に馴染《なじ》めていないのを気にかけて提案したのだろうが、瑠衣にしてみればいい迷惑だ。断るのも角が立つから仕方なくついてきただけで、内心ではまったく気が乗らなかった。

それに、と瑠衣は隣をちらりと見やる。真琴は車窓に目を向けながら足をぶらぶらさせ、唇は不満げに結ばれている。

瑠衣だけ同行しないなんて、このお節介な義妹が許すはずがない。

＊＊＊

八月の京都は攻撃的な暑さだった。盆地ならではの滞留した熱気が、古都のアスファルトに陽炎《かげろう》を生み出している。観光客を掻《か》き分けてどうにか市バスに乗り込み、学生やら着物姿のカップルやらで賑《にぎ》わう車窓を横目で見ながら、ようやく宿に着いたのは夕方の四時を回った頃だった。

河原町《かわらまち》の一角に佇《たたず》む旅館で、老舗酒造の販売所であった京町家をリノベーションしたらしい。シックな外装に青い暖簾《のれん》が特徴的な木造建築で、軒先には杉玉がぶら下がっている。

「ようこそお越しくださいました。私、当旅館の女将《おかみ》をさせてもろてます」

青い和服姿の女性ににこやかな笑顔で迎えられ、宿の敷居を跨《また》ぐ。落ち着いた内装で、客室は箱階段を上って二階。観光シーズンも相まって部屋は満室らしい。いい所だね、と話す両親の後ろを、瑠衣は一歩引いたところから冷めた気分でついていく。

「見てルイ兄、犬だよ犬」

真琴が服の袖を引っ張る。見ると、二階の廊下の窓から宿の中庭が見下ろせた。小さなシラカシの木が植えられ、その木陰に年季の入った犬小屋が一つ。中で真っ黒な中型犬が昼寝していた。動物好きな真琴は窓にへばりつく。

「なんかあの子、ルイ兄に似てる感じしない？　ねえ」

嫌味だろうか、と思ったが訊《き》き返すのも面倒で、瑠衣はすっと視線を外す。その後通された客室では女将が瑠衣たちにお茶を淹《い》れながら、この宿の成り立ちを語った。

「ここでは元々、伏見《ふしみ》の老舗酒造から卸された酒を販売してたんですよ。で、最後の店主が私の叔父でね。数年前に亡くなって閉店したんですけど、うちの兄がここの町家を気に入って、リフォームして旅館にする言い出しまして。初めは私も半信半疑やったんですけど、やってみたら思いのほか好評でね、今日までなんとか続いてます。今でも当時の酒造さんと縁がありましてねえ、階段下に酒瓶が並べてありますやろ。宿泊中はどれでもお好きに飲んでいただけますので、お客さんも是非」

「それは楽しみだなあ。瑠衣くん……瑠衣ももうお酒飲めるんだよな。後で一緒にどうだ」

「そうですね」

早くも上機嫌な真琴の父に、瑠衣は機械的に返事する。呼び慣れないのなら他人行儀のままでいいのに、と思う。

「伏見の酒は一味違いますよ。昔は〝伏水《ふしみ》〟なんて書かれてたくらいで、ここらでも指折りの名水地なんですわ。桃山《ももやま》丘陵の方から綺麗《きれい》な水脈が流れていてねえ。酒造りでは一升の酒に八升の水が要りますよって、うってつけの土地なんですよ」

女将はその後しばらく旅館の歴史や酒造りについて解説した後、それではごゆっくり、と頭を下げて戻っていった。折角だから近辺を見て回ろうと浮き立つ大人二人に、行きの道中で疲れたから少し休むと伝え、瑠衣は部屋に残った。真琴は何か言いたげな顔で二人と一緒に部屋を出ていったが、数分後になぜか一人で部屋に戻ってきた。

「よく考えたら、二人水入らずの方が良いかなって思って……戻ってきちゃった」

そう言い訳する真琴に向かって瑠衣は溜息《ためいき》を吐《つ》き、立ち上がって部屋を出る。真琴が慌ててついてくる。

「そんなモーレツに避けなくてもさあ、ルイ兄」

「避けてない。……暇だから中庭でも見に行こうと思っただけ」

じゃあついていくのも自由だ、と真琴は開き直り、瑠衣の後に続いて一階に降りる。

中庭とガラス戸で仕切られた廊下に辿《たど》り着き、瑠衣はしゃがみ込む。真琴もそれに倣う。先ほどの黒犬が、相変わらず気怠《けだる》そうに身を伏せている。

「ちょー真っ黒だねえ君。夏は暑くて大変そうだ……あ、でも逆に日焼けの心配ないのは羨ましいな」

真琴はそう呟《つぶや》いて自分の二の腕を摘《つ》まんだ後、瑠衣の方に目をやる。

「ねえルイ兄、大学楽しい？」

「別に」

「文学部の……ミンゾク学、だっけ？　どんなことやるの」

「言っても分かんないよ。地域の祭りとか信仰とか、そういうやつ」

ふうん、と真琴は呟いた後、不意に立ち上がってガラス戸を開け、サンダルをつっかけて庭に出る。外の熱気が廊下に流れ込み、瑠衣は顔をしかめる。

「おい」

「ちゃんと閉めるって」

その言葉通り真琴はガラス戸を閉め、昼寝中の犬に近寄ってしゃがみ込む。撫《な》でるでもなく何やら犬に向かって話しかけている真琴を、瑠衣はぼんやりと眺める。

突然できた六歳差の義妹。未《いま》だにどう接したらいいのか分からない。大人たちの都合で振り回された者同士シンパシーは感じているが、かといって手放しで仲良くできるわけでもない。煮え切らない自分の態度に、瑠衣はまた嫌気を覚えてしまう。

と、ガラス戸の向こうで真琴が犬の鼻先に指を近付けたその時。不意に犬が目を開け、むくりと上体を起こす。驚いた真琴がうわっと尻もちをつく。立ち上がった犬が、鼻をひくつかせながら真琴の方へ歩み寄る。

「——っ」

反射的に瑠衣はガラス戸に手を掛け——同時に、犬が真琴の背後に向かって短く吠《ほ》える。正面玄関の方から、玉砂利を踏みしめてくる音がする。

「あーもうあかん、あかんよーお客様の前で吠えたら。びっくりしてはるやろー」

声の主は穏やかな口調で犬をなだめつつ真琴の方へ駆け寄り、手を差し伸べる。

「ごめんなさいねー。私が帰ってくると、はしゃいでしもうて。お怪我《けが》ないですか」

切れ長な目で色白、長い黒髪が艶《あで》やかな女の子だった。瑠衣と同い年か少し年上くらいの印象で、水色のカーディガンに白いスカートが眩《まぶ》しい。差し出された手を、真琴が恐る恐る摑《つか》んで立ち上がる。

「いえ、その……私が、ちょっかい出してしまって」

瑠衣はガラス戸を開け、縁側に出る。女の子が瑠衣の方を向く。

「あの、すみません。うちの……」

そこまで言いかけて口ごもった瑠衣に、彼女は笑いかける。

「あー、お連れさんですね。こちらこそすみません、躾《しつけ》がなっていなくて。嚙《か》んだりはせえへんのやけど、ちょっとやんちゃでねー。お怪我なくて、何よりです」

と、微笑《ほほえ》む彼女を真琴がじっと見つめていることに瑠衣は気付いた。心なしか熱を帯びた眼差《まなざ》しで、その横顔にぼんやりと見とれている。

見たことのないその表情に、瑠衣は眉を寄せた。

「──でね、その人が女将の姪《めい》っ子さんだったの。篠宮穂香《しのみやほのか》さん。大学三年で、ルイ兄の一つ上。ここに住み込みでバイトしながら大学通ってるんだって。中庭のワンちゃんは女将さんが飼ってるんだけど、昔から穂香さんのことが大好きみたいで、すごい懐いててね」

勢い込んで語る真琴に、へえそうなんだ、偉いのねえと上機嫌で耳を傾ける両親。そのやりとりを瑠衣は黙って聞き流しつつ、猪口《ちょこ》に注《つ》いだ日本酒を口に含む。わずかな痺《しび》れと爽やかな後味が舌に残る。

＊＊＊

午後七時過ぎ。散策から戻って来た両親と共に、瑠衣たちは一階の座敷で夕餉《ゆうげ》の席に着いている。座敷は瑠衣たちの他にも数組の宿泊客で賑わっていた。穂香さんは座敷の向こう側で薄紅色の作務衣《さむえ》に身を包み、他の仲居さんや女将に交じって食事の配膳をしている。

「お待たせしました、こちら京野菜御膳になります。あ、こちらの茶碗蒸《ちゃわんむ》し、火お付けしますね。お酒のお代わりお持ちしましょうか？　はい、少々お待ちくださ い」

その愛想のいい振る舞いとてきぱきした身のこなしに、瑠衣も自然と目で追ってしまう。真琴は先ほどから穂香さんの話ばかりしている。真琴くらいの年齢の女子が年上の女性に憧れるのは、まあ自然なことなのだろう。だからこそ、考えてしまう。

真琴には自分よりも、穂香さんのような義姉がいた方が良かったのではないか——と。

「あっ、花火始まった！」

不意に他のグループから声が上がる。座敷の窓から見える夏の夜空に、小さな桃色の牡丹《ぼたん》花火が打ちあげられたところだった。

「あ、あれ女将さんが言ってたやつだ！　伏見の方で今日、花火大会があるって……ここからでも意外と見えるんだね。凄《すご》い、ちょー綺麗」

真琴がはしゃぎ出す。晴れててよかったわね、と嬉《うれ》しそうな母を見て、瑠衣は一瞬鈍い痛みを感じた。……小学生の頃に前の父と三人で花火を見に行った時も、母はこんな風に笑っていただろうか。今となっては思い出せない。

「ちょっと江郷《えごう》さん！　大丈夫？」

不意に女将の呆《あき》れたような声が聞こえ、瑠衣は思わず振り向く。女将は座敷の隅で一人酒を傾けている、白髪の老婆に声をかけていた。ぐい飲みを手にしたその老婆は真っ赤な顔で座敷の壁に身体《からだ》を預けながらも、依然として酒を注ごうとしている。

「まったく、久々に顔見せたと思ったら懲りずに飲んだくれて！　もう年なんやから、少しは控えんといかんよ。ほら、立てますか？　お部屋戻れます？」

「んん……」

老婆が焦点の定まらない目で頭を振る。見ると、老婆の前には空の一升瓶が三本ほど置かれ、その周りには徳利《とっくり》もいくつか転がっている。瑠衣は呆れた——あの年で、随分無茶な飲み方をするものだ。

「あの、大丈夫ですか？　何かお手伝いできますか？」

と、いつの間にか真琴が女将の元に駆け寄り、老婆の介抱を申し出ていた。そして女将と二言三言交わし、ややあって瑠衣たちの方に戻ってくる。

「ごめん、ちょっと女将さんと一緒に、あのお婆《ばあ》さん部屋まで送り届けてくる。一人で泊まってるらしくて、階段とか危ないから」

そう言うと真琴はさっさと踵《きびす》を返し、女将と一緒に老婆の身体を支える。すみませんねえお手を煩わせて、と恐縮する女将に、真琴は愛想よく応じている。

「ちゃんとしてるわね、真琴ちゃん。見ず知らずの人にもああやって……まだ中学生なのに、いい子に育ってるわ」

母がしみじみと呟き、真琴の父が照れ臭そうな顔をする。そのやりとりに再び鈍い痛みを覚え、瑠衣は顔を背けて酒を呷《あお》る。いつの間にか大分飲んでいたが、止めようとは思わなかった。いい子に育ってる——その言葉に思いのほか動揺している自分がいた。

「真琴は昔からしっかりしてるんだ。父子家庭だからっていうのもあると思うけど……

でも、瑠衣く……瑠衣と比べたらまだ子供だよ。向こう見ずだから、たまに危なっかしいというか。瑠衣みたいに冷静なお兄さんがいてくれると、本当に助かるんだ」

瑠衣は答えなかった。褒められているはずなのに、何故《なぜ》か当てつけに聞こえる。かなり酔いが回っていた。冷静？　冷淡の間違いじゃないのか。

「でも、瑠衣は真琴ちゃんみたいに感情表現が上手じゃないから……むしろ助けられてると思うわ。ねえ瑠衣」

「そんなことないよ。真琴だって瑠衣に懐いてるし……そうそう、明日の観光の予定なんだけど、良かったら瑠衣と真琴で相談して決めてくれたら」

その言葉を遮り、瑠衣は机を拳で叩《たた》く。派手な音に、周りの客が一瞬静まり返る。

「あのさ」

瑠衣は立ち上がり、驚いた顔の両親を見下ろす。

「……吐きそうだから、部屋戻ってるよ」

そう言い残すと、瑠衣は再び騒《ざわ》めきを取り戻した座敷を足早に出ていく。本当に吐きそうだった――言ってはいけない言葉を、色々と。

真っすぐ部屋に戻る気にもなれず、瑠衣は裏口を目指した。少し風に当たって頭を冷やそうと思った。廊下の端に辿り着き、軽く深呼吸して木製の扉に手を掛ける。と、

「――だから、ここからでも見えるやろー。我儘《わがまま》言わんと、私だって忙しいんやから」

裏口の扉の向こうから声が聞こえ、手を止める。穂香さんの声だった。子供をあやすような口調で誰かと話しているが、相手の声は聞こえない。

「観光シーズンなんやから、そら旅館の仕事も忙しくなるって……もう、拗《す》ねたって行けけんもんは行けけんよー。私まだ仕事中やし、もー戻らなあかんから」

分かった？ と穂香さんは念を押すように言い、直後に扉が開く。裏口に立った穂香さんが瑠衣を見て驚いたように固まり、見開かれた目が瑠衣の視線とぶつかる。その瞬間、瑠衣は息を呑《の》んだ。

「……え」

彼女の瞳の中に、宇宙があった。

夜よりも深い闇の中で、無数の光の粒子が集まり、散らばり、星雲となって渦を巻いている。比喩などではなく、彼女の瞳には本当に宇宙が映っていた。そのまま吸い込まれてしまいそうで、気付けば瑠衣は息をするのを忘れていた。と、

「あーいたいた。どうしたのルイ兄、具合悪くなったの……って」

背後の廊下から真琴が顔を出し、向かい合ったまま立ちすくんでいる瑠衣と穂香さんを見て立ち止まる。数秒の沈黙の後、穂香さんが困ったように目を伏せる。

「……すみません、ちょっと電話してて。私戻りますね。どうぞ、ごゆっくり」

そう言って瑠衣と真琴の横をすり抜け、座敷の方へ足早に去っていった。真琴がこちらをじっと見つめてくる。

「……ルイ兄」

「…………」

「今の穂香さんの目、見た⁉ なんか……ちょー綺麗じゃなかった⁉」

何あれカラコン？ 昼間はあんなんじゃなかったよね？ と一人ではしゃぐ真琴を前に、瑠衣は安堵《あんど》とも疲労ともつかない溜息を吐いた。その後興奮冷めやらぬ真琴を振り切って一人で部屋に戻り、布団を被《かぶ》った後も、瞼《まぶた》の裏には未だあの眩しい瞳が焼き付いて離れなかった。酔いはすっかり醒《さ》めていた。

＊＊＊

翌朝。何やら芳醇《ほうじゅん》な香りに鼻をくすぐられ目覚めると、天井が妙にぼやけて見えた。

「…………？」

身体を起こす。変だ。何かが身体にまとわりついているような感覚がある。寝ぼけているのだろうか——と思った刹那、自分の口からごぽっ、と泡が上っていくのを瑠衣は見た。

部屋が水没していた。

「――――⁉」

一瞬でパニックになった瑠衣は手足をばたつかせ、その勢いで布団ごとふわりと宙に浮く。溺れる！　と覚悟したのも束《つか》の間《ま》、

（……息が、できる）

部屋は天井まで薄黄色の液体で満たされているのに、その中で何故か呼吸ができている。それでいて口を開ける度に大粒の泡が天井へと上っていくのがとても奇妙だった。そして、辺りに充満しているこの香り。むせかえるほど濃厚なこの香りは、

（……酒だ）

部屋を満たしているのは水ではなく、酒だった。それも上等な香りの日本酒。呼吸はできるものの、一息ごとに酒の匂いが容赦なく肺に流れ込んでくる。

「ルイ兄！」

ふと声がして振り向くと、困惑した顔の真琴が廊下からこちらへ泳いでくるところだった。瑠衣の腕に縋《すが》りつき、ほっとした様子で見上げてくる。

「良かった。私だけなんか、変な夢見てるのかと思った。そこら中お酒臭いし、誰もいないし」

真琴は小さな泡を吐き出しながら、瑠衣に訴えかける。その手の感触で、瑠衣はこれ

が夢ではないことを悟る。

「起きたら何故か一階の廊下に浮いてて、身体がふわふわするなと思ったら旅館全体がお酒に浸かってて……お父さんもお母さんも、女将も仲居さんもいない。他のお客さんも……とにかく、来て」

真琴に手を引かれ、酒の中を泳いで一階に辿り着く。廊下の調度品やフロントの電話がそこかしこに浮かび、人の気配はまったくない。真琴が途方に暮れた顔で瑠衣を見る。

「何なんだろうこれ……どうすればいいの？」

瑠衣も目の前の異常な光景に困惑せざるをえなかったが、不安げな真琴の前で取り乱すわけにもいかない。動揺を抑えつつ、落ち着け、と真琴をなだめる。

「落ち着け。こんなの現実的にあり得ない。集団幻覚とかそういうのだと思う……から」

だからと言って、どうしたものか見当もつかない。ひとまず一一〇番するべきだろうかなどと場違いなことを考えたその時、

「――ああ、やっぱり巻き込んでしもうた」

不意に後ろから声がして、真琴と一緒に振り向く。Tシャツにサルエルパンツ姿の穂香さんが、廊下の奥から険しい表情でゆっくりと泳いでくるところだった。

「ほんまにごめんなさい。お客様には関係あらへんのに……昨夜《ゆうべ》のことがあったから、薄々いやーな予感はしてたんですけど」

二人の目の前まで来るなり平謝りを始めた穂香さんに、瑠衣も真琴も一層困惑を深める。真琴が恐る恐る口を開く。

「穂香さん、あの……これ、一体何がどうなって」

「訳分からんでしょう。私も、ここまで酷《ひど》いの見たんは初めてやって」

穂香さんは頰に手を当て、酒に沈んだ廊下を難しい顔で見渡す。

「あの分からず屋が、ま―た癇癪《かんしやく》起こしたんですよ……伏見の酒を司《つかさど》る、名水の神が」


旅館の屋上へ上がった瑠衣は、息を吞んだ。

「……酒の海だ」

街全体が――民家も商業ビルも神社仏閣もすべて酒に浸かっていた。日中とは思えないほどひんやりと涼しく、遥《はる》か上空には琥珀色《こはくいろ》の水面。そしてその水面から、白い粒子がゆっくりと舞い降りてくる。

「雪……？」

「澱《おり》です。年代物の酒に溜《た》まる、塵《ごみ》みたいなもんです」

穂香さんが淡々と説明する。眼下の街並みでは通り沿いの街灯が好き勝手な色で点滅し、その下をカチャカチャと騒がしく行進していくものたちの姿があった。

「……何、あれ」

真琴が唖然《あぜん》として呟く。酒器だ。徳利に猪口、瓢簞《ひょうたん》に盃《さかずき》、枡《ます》、片口――ありとあらゆる酒器がまるで生き物のように通りを闊歩《かっぽ》している。さながらシュールな百鬼夜行だ。

「あんまり気にせんといてください。この世界みーんな、あの分からず屋が見せてる幻みたいなもんですから。存在しないはずのもんが見えたり起こったり。まともに考えてたら頭おかしくなりますよ」

穂香さんはそう言いながら、酒に沈んだ街並みを見つめて溜息を吐く。

「名水の神はね、日本酒造りに必要な水を司る由緒正しい神なんです。……でも、いかんせん気難しいというか、正直言って幼いんですよ。人間と比べて長命な分、精神的な成長が遅いらしくて……私よりもよっぽど年上なくせに、ちょっと機嫌損ねるとこういう悪戯《いたずら》をしよるんです」

悪戯？　これが？　と真琴が困惑する。瑠衣も呆然《ぼうぜん》として眼下の光景を見つめる。

「いつもはせいぜい宿の壁が蔦《つた》まみれになってたりとか、お風呂のお湯が氷水になってたりとかそういう程度なんですよ。その度に皆にバレないよう私が後始末せなあかんのですけど……ここまでくると、流石《さすが》にもう」

「他の人たちは？　……お父さんとお母さんは、どうなったんですか」

泣きそうな顔の真琴に、穂香さんが慌ててフォローする。

「大丈夫ですよ！　ここにいるのは私たちだけで、他の人たちがいる本物の京都とは切り離されてるはずですから。……裏を返すと、私たちが何とかして元の京都に戻らんとあかんのですけど」

情報量の多さに瑠衣は目が回りそうだった。なぜこんなことに。元々気の進まない旅行だったのに、こんな珍事に巻き込まれて……と、そこまで考えて瑠衣はふと思い出す。

「さっき巻き込んでしまったって言ってましたよね。どういう意味ですか」

瑠衣の問いに、穂香さんが複雑な表情を浮かべる。

「ほんまは、私だけに向けた悪戯だと思うんですけど……多分お二人は昨日、私の目を見たから。繋がってしもうたんやと思います」

その言葉で、瑠衣は昨夜見た穂香さんの瞳を思い出す。……確かにあの目を見た時、彼女に対して常人ならざるものを感じたが——。

「早いとこ機嫌直してもらわんと、かないませんよ。このままじゃ学校にも行けへんし、何よりお酒臭くて……私、あんまり強くないんですよ」

穂香さんが鼻をつまみ、真琴が同意するように頷《うなず》く。彼女が一体何者なのかという疑問をひとまず喉の奥に呑み込み、瑠衣は先ほどから思っていたことを口にする。

「その……名水の神様っていうのは、知り合いなんですよね」

「まあ、腐れ縁です」

「じゃあ話早いんじゃないですか。直接会って、説得すれば」

「それができたらね……とにかく気難しいんですよ。第一、どこにいるのか分からへん」

「どうせ御香宮《ごこうぐう》じゃろうて」

と、不意にしわがれた声が会話に割り込む。小さな人影が中庭の塀に腰かけ、瑠衣たちを見上げている――なんと、昨日座敷で飲んだくれていた老婆だった。穂香さんが眉を上げる。

「江郷さん、こんなところで何してはるんですか」

「見ての通り暇しとる。今日は先斗町《ぽんとちょう》の方へ飲みに行こう思ってたのに、あの馬鹿が街をこんなにしたせいで予定が潰れてしもうた。あんたの監督責任や」

そう言いながら老婆は懐からキセルを取り出して咥《くわ》え、煙の代わりに小さな泡を吐き出す。穂香さんがむっとした顔をする。

「御香宮って、御香宮神社ですか。何でそんなこと分かるんですか」

「わしが酒器の付喪神《つくもがみ》やっちゅうの、忘れたんか。街を歩いとる酒器ども皆、御香宮の方角から来とる。あいつは名水の神やからな、あそこがお気に入りなんやろ」

二人のやりとりの傍ら、真琴が瑠衣に耳打ちする。

「何、御香宮って」

「……伏見にある神社。名前だけ聞いたことあるよ。境内に御香水《ごこうすい》っていう水が湧き出してて、名水百選に指定されてるって……昔ゼミの教授が行ってその水を飲んだら腰痛が治ったって。本当か知らないけど」

さすが詳しいね、と真琴が感心する。と、こちらを見上げた老婆がふと真琴に目を留め、じっと目を細める。

「……見覚えあると思うたら、昨日の姉ちゃんやないの。どれ」

老婆が手招きする。躊躇《ためら》う真琴に、穂香さんが溜息を吐く。

「まあ、害のある人ではないですよ。そもそも人やないけど」

恐る恐る老婆の元に泳いでいく真琴に、瑠衣と穂香さんもついていく。老婆は真琴の顔を見つめ、ふむ、と品定めするように頷く。

「心が澄んどるね、あんた。目を見りゃ分かるよ。昨夜もわしのこと気にかけてくれちよったやろ。まああの程度で酔っ払ったりはせんから、余計なお世話ではあったけどな」

「あ、そうですか……すみません」

「でも、姉ちゃんが真っ先に手貸してくれようとしたんは覚えとるよ。その後ろで、あんたが姉ちゃんのこと心配そうに見てたのもな」

と、不意に視線を向けられた瑠衣はたじろぐ。

「あ、えっと……すみません、手貸さなくて」

「ええよ、どっちも正解じゃ。合縁奇縁、近付くも離れるも人の縁。飲んだくれ婆《ばばあ》に関わろうとするのも関わるまいとするのも、間違いやあらへんからな」

と、老婆はキセルの先からひときわ大きな泡を吐き、酒に沈んだ街並みへ目をやる。

「気ぃ付けて行きな。ほんで、さっさとカタを付けてくれ。婆の楽しみのために」

真琴は戸惑いながらも、ありがとうございます、と素直に頭を下げ、つられて瑠衣もなんとなく頭を下げる。穂香さんはむすっとした顔で聞いていたが、やがてふわりと宙を蹴って浮き上がり、瑠衣と真琴を見下ろす。

「ほんならまあ……面倒ですけど、泳いで行きましょう」

＊　＊　＊

「何で名水の神は、機嫌を損ねたんですか」

泡を吐きながら、瑠衣は前方を泳いでいる穂香さんに尋ねる。眼下には五条通《ごじょうどおり》が見えてきたところだった。琥珀色に染まった街の上空を三人、不慣れなバタ足で泳いでいく。

「……花火を、間近で見られなかったから」

花火？　と訊き返す真琴に、穂香さんはきまり悪そうな顔をする。

「その……昨夜の花火大会、連れていってくれって言われとったんですよ。お酒に関わる神なだけあって、祭りが大好きなんです。でも昨夜は忙しかったから、バイトを抜けられる余裕がなくて。ちゃんと説得もしたんですけど、聞く耳持たなくて……で、起きたらこれですよ。ほんまに聞き分け悪いというか、神様が聞いて呆れますよね。世話係やっとるこっちの身にもなってほしいですよ」

穂香さんの口調が愚痴を帯びる。昨日までの大人びた雰囲気はなりを潜めていた。

「私の家、大昔から名水の神と関わりがあって、代々世話係を担うことが決まってるんですよ。ほんまにこっちの都合も考えてほしいわ。貴重な青春を、あんな分からず屋のために割かなあかんなんて。いつ呼び出されるか分からんからサークルも部活もままならんし、おちおち彼氏も作られへん」

「……分かります。ムカつきますよね、縛られるのって」

思わず呟いた瑠衣の隣で、ふと真琴がくすくす笑い始める。

「ルイ兄。多分穂香さんは、縛られてるなんて思ってないよ」

そう言って真琴は、穂香さんに目を向ける。

「そう思ってたら、とっくに投げ出してるはずだもん。いくら家族代々の役目だからって、自分が納得できないものはソッコーで切り捨てるでしょ、穂香さんって。違いますか?」

と、穂香さんはきまり悪そうに口を噤《つぐ》む。それを見た真琴は嬉しそうに続ける。

「やっぱり。私もそういうタイプだから、なんとなく分かるんです。だから投げ出さないってことは、この役割を本当は大事に思ってるってことなんじゃないかなって」

穂香さんはしばらく黙って足を動かしていたが、やがて溜め息交じりに口を開く。

「……合縁奇縁、ですね。江郷さんの言ったこと、癪やけどその通りだと思ってます。面倒な役割やと思ってるのは事実で、あの分からず屋の相手するんはほんまに骨が折れます。割に合いませんよ。……でも」

穂香さんがこちらを振り返る。

「不本意な形で結ばれた縁でも……私は大事にしたい。大事にできる自分でいたいんです」

その言葉に、瑠衣ははっとした。彼女の言葉が、自分の境遇と重なる。

不本意な形で――大人の都合でできた家族。納得できなくて、馴染めなくて。自分から壁を作ればうやむやになると思っていた。他人のままいられると思っていた。なのに。

「モーレツに分かります」真琴がにへっと笑う。「その方が絶対、楽しいですよ」

それからまた三人とも無言で泳ぎ続けるが、瑠衣は胸が騒いで仕方がなかった。――自分はただ、駄々をこねているだけだったのでは？　祭りに行けなくて拗ねてしまった名水の神となんら変わらない。新しい現実を自分の中で嚙み砕けなくて、不貞腐《ふてくさ》れて……同じ境遇の義妹がこんなにも前向きで柔軟なのに、よりによって六歳上の自分が。

「あの……ごめん」

ややあって、瑠衣は真琴に呟く。真琴が振り返る。

「その……俺は別に、真琴に縛られてるなんて思ったことはなくて……その」

「何が？」

「知ってるよ」

真琴が明るく笑う。穂香さんがこちらを振り返る。

「もう少しで着きますけど……説得の仕方、考えんと。機嫌直してもらわんことには、私たちもここから出られへん」

「大丈夫。ルイ兄が、なんとかしてくれるから」

急に話を投げられ、は？　と瑠衣は戸惑う。真琴は自信に満ちた顔で穂香さんに言う。

「ルイ兄、ちょー頭良いんですよ。融通利かなかったりコミュ障だったりするところはあるけど、頼りになるんです。大学でミンゾク学やってるから、神様のこととか詳しいと思うし。きっと何か、考えてくれます」

ね？　とこちらを見る真琴に、いやいや……と瑠衣は首を振る。買い被りもいいところだ――一方で、真琴から頼りにされているという事実に動揺している自分がいた。

「俺は別に……」

言い逃れようとして、止《や》めた。どんなに言い訳したところで、どうせ真琴は許してくれない。……瑠衣のことを、他人のままでいさせてはくれないのだ。

しばし考えを巡らせた後、溜息を吐く。大粒の泡が空へ上る。

「……うまくいくなんて保証、できませんよ。それでもよければ」

真琴と穂香さんが、期待に満ちた目で頷く。瑠衣は躊躇いながらも口を開く。

「神様の機嫌を取るための、常套手段《じょうとうしゅだん》というか……一つあります」

＊　＊　＊

御香宮神社まで泳ぎ着いたのは、それから更に十五分ほど後だった。

「……あ、あれかな。なんか光ってる」

真琴が指さした先には、木立に覆われた境内があった。木々の合間から淡い光が見え隠れしている。重要文化財の表門まで辿り着き、穂香さんに続いて門を潜《くぐ》った瑠衣は唖然とした。

「なんじゃこりゃ……」

静まり返った境内に、色とりどりの和傘が淡く発光しながら浮かんでいる。本殿も社務所も絵馬堂も、境内の建物はすべて大量の藤の花で飾られ、所々に置かれた石灯籠からは小さな泡が立ち上っている。およそ神社らしからぬ、豪華絢爛《ごうかけんらん》な光景だった。

「やりたい放題やなあ」

そう言って穂香さんは瑠衣たちを促して本殿の前まで泳ぎ、左手に目を向ける。「御香水」の札がかけられた小さな石造りの水場が設けられ、参拝客用の柄杓《ひしゃく》が置かれているが、酒に沈んだ今は水場としての役割を果たしていない。

そしてその水場の前に、小さな影が横たわっていた。真琴が声を上げる。

「あれ、君……」

そこに寝ていたのは他でもない——旅館の中庭にいた、あの黒犬だった。人間さながらに右前足を枕にして寝転がり、小さな瞳でこちらをじっと見つめている。そして、

「お前が悪いんじゃ」

喋《しゃべ》った。呆気《あっけ》にとられる瑠衣と真琴に、穂香さんが申し訳なさそうに囁《ささや》く。

「すんません。飼い犬ってことにしとかないと、色々ややこしいもんで」

黒犬は舌を出して鼻の周りを舐《な》め、不機嫌そうに起き上がる。

「お前が悪いんじゃ。先週までは行けると言っておったではないか。それを急に反故《ほご》にしおって……挙句に宿からでも花火は見えるから我慢しろなどと、無茶を言いおって」

「無茶はどっちですか。それに私、確約はしてませんよ。行けるよう頑張りますって言っただけ。観光シーズンなんですから、思ってたよりも予約が沢山入って忙しくなったのは仕方ないじゃないですか」

「いーや言った。お前はワシの世話役である以前に、稲の神の血を引く者じゃ。水も稲も清くあらねば良い酒は生まれぬ。約束を違《たが》えるなどもっての外じゃ。恥を知れ」

さらりと明かされた穂香さんの素性に瑠衣と真琴は顔を見合わせるが、穂香さんは眉間に皺《しわ》を寄せて名水の神を睨《にら》みつける。

「家の話は今、関係ないでしょ。そんなこと言うたら、名水の神ともあろうものがこんなことでへそ曲げて、恥ずかしくないんですか」

「やかましいのうごちゃごちゃと。そんなんじゃから未だに男ができんのじゃ」

「な……誰のせいや思うとるんですか！」

「というか」名水の神がこちらを睨む。「何故人の子が二人も紛れ込んどるんじゃ」

「……あ、私たちはその、たまたま来ちゃった感じで……でも」

真琴が恐る恐る話に加わる。

「いくら神様でも、面倒見てくれる人をあんまり困らせるのは良くないと思います」

ね、と同意を求められ、瑠衣も仕方なく頷く。案の定、名水の神は一層機嫌を損ねた様子だった。

「黙れ。分をわきまえよ。仮にも神に指図するなど――」

と、次の瞬間名水の神が膨れ上がり、五メートルをゆうに超える巨大な黒犬の姿で瑠衣たちを見下ろす。近くにあった石灯籠が砕けて倒れ、辺りに土埃《つちぼこり》が舞う。

「いっそ、まとめて食ろうてくれようか。問答は性に合わんのじゃ」

泡と共にぐろろろ……と獰猛《どうもう》な唸《うな》り声《ごえ》を発しながら、名水の神が牙を剝《む》く。瑠衣は思わず後ずさりそうになるが、隣にいた真琴にきゅっと服の袖を摑まれ、踏みとどまる。

「大丈夫、見掛け倒しです。落ち着いて、三人で考えた通りに」

穂香さんは一歩前に出て両手を広げ――次の瞬間、変身した。Tシャツにサルエルパンツだった穂香さんは瞬く間に深緑色の巫女《みこ》装束へと変わり、両手には大粒の米が実った稲穂を携えている。黒髪がふわりと広がる。

「……すご、神様じゃん」

真琴が呟き、瑠衣も頷く。自然と恐怖が消えていく。穂香さんの後ろで二人肩を並べ、一瞬目を合わせた後、すっと息を吸う。そして、

酒は呑め呑め呑むならば　日の本一のこの槍《やり》を
呑みとるほどに呑むならば　これぞまことの黒田武士

記憶を頼りに歌い始める。二人の歌に合わせ、穂香さんが稲穂を振って踊り始める。彼女の舞は軽やかで、それでいて力強い。名水の神がぴくりと耳を震わせ、その反応を窺《うかが》いつつ瑠衣と真琴は歌い続ける。

峰のあらしか松風か　訪ぬる人の琴の音か

駒をひきとめ立ちよれば　爪音たかき想夫恋《そうふれん》

と、名水の神はその場で前足を持ち上げて後ろ足を踏み鳴らし――踊り出した。

シュールな光景だった。建物ほどの大きさもある黒犬が盆踊りのようにステップを踏んでいる。そして足踏みするごとに石畳が割れ、和傘が踏み潰されるなど周囲に甚大な被害が出ているが、この際仕方がない。宙に舞った穂香さんと目が合い、瑠衣は頷く。

真琴と二人、歌い続ける。

春の弥生《やよい》のあけぼのに　四方《よも》の山辺を見わたせば
花のさかりも白雲の　かからぬ峰こそなかりけれ

「ぐぬ……」

名水の神は不本意そうな表情で、しかし身体だけは不器用に踊り続ける。踊らざるをえないのだ。酒に関わる神――すなわち、宴に関わる神である以上は。

「黒田節という、民謡があって」

およそ十五分前、御香宮を目指して泳ぎながら、瑠衣は二人に提案した。

「昔から神様のご機嫌を取る方法としては、お囃子《はやし》が一般的です。笛や太鼓の演奏を――場合によっては歌なんかも添えて神様に捧《ささ》げ、楽しんでもらうという趣旨です。名水の神は祭りが好きだって、さっき言ってましたよね。この世界も、街全体がお酒に包まれて、色とりどりの街灯が灯《とも》って、徳利や枡が踊り歩いて……多分、祭りをイメージして作られた世界だと思うんです。祭りに行けなくて拗ねた神様のご機嫌を取るなら、お囃子を捧げて楽しませるっていうのが有効なんじゃないかと思います」

「でもお囃子いうても、楽器なんかありませんよ」

「正式なお囃子には楽器が必要だけど、今はできる範囲で……歌だけで間に合わせるしかないです。それで、うちのゼミの教授が日本の民謡に詳しくて、伏見に黒田節という民謡があるのを教えてくれたことがあって」

「ルイ兄、もうちょい詳しく」

「えっと……正確には福岡民謡だけど、発祥は伏見で。黒田長政《くろだながまさ》の家臣が伏見に使いとして赴いた時に、酒好きの戦国大名・福島正則《ふくしままさのり》の前で見事な飲みっぷりを披露して、家宝の槍を譲り受けた、という逸話から生まれた歌らしいです。酒宴の席でよく歌われるので、名水の神様なら喜んでくれるんじゃないかと」

「良さそうじゃん！　ルイ兄が教えてくれれば、私たちも歌えるもんね、そのナントカ節」

真琴は早くも乗り気だ。穂香さんは少し考え込んだ後、

「そういうことなら、歌はお二人に任せて、私は踊りを担当してもいいですか」

「え、穂香さん踊りもできるんですか」

驚く真琴に向かって、穂香さんは口の端を上げる。

「むしろそっちの方が、性に合ってますんで」

その言葉通り、緑の装束に身を包んだ穂香さんが今、名水の神と一緒に踊っている。

彼女のテンポを乱さないよう、瑠衣は記憶を手繰りながら歌い、真琴もそれに付いてくる。二つの歌声が、泡と共に空へと昇る。

花橘《はなたちばな》も匂うなり　軒の菖蒲《あやめ》も香るなり
夕暮れまえのさみだれに　山ホトトギス名のりして

「うぬ……ぐぬ、ぐお」

と、名水の神の足がもつれ、大きくバランスを崩したかと思うと、次の瞬間その巨体が瑠衣たちの方へ倒れかかってくる。

「やばっ」

と、穂香さんは瞬時に舞を止めて稲穂を放り投げ、瑠衣と真琴の手を摑んで引く。

「うわっ――」

派手な音と共に土煙が舞い、名水の神が倒れる。瑠衣と真琴は地面に尻をついたまましばし呆然としていたが、やがて真琴が頬を緩める。

「やった！　やったよルイ兄。大成功」

「ほんまですよ。ざまあみ……いえ、流石です」

穂香さんは軽く咳払《せきばら》いし、倒れ込んだ名水の神に歩み寄ると、袖の中から何か取り出す。稲穂を編んで作られた、小さな緑の冠だった。それを頭に被せられた途端、名水の神の身体は縮み、元の中型犬の大きさに戻った。

「……小賢《こざか》しい」

地面に突っ伏したまま、名水の神が恨みがましい声を出す。いつの間にかTシャツ姿に戻った穂香さんが、腰に手を当てて名水の神を見下ろす。

「気が済んだでしょう。毎回こんな癇癪起こすのも、勘弁してくださいよ」

穂香さんが屈《かが》みこみ、名水の神の頭にそっと手を添える。

「やめろ、気安く撫でるでない」

「約束守れなかったのは謝りますから。今日のところは帰りましょう、ね」

弟をあやすようなその口調に、名水の神は口を噤む。と、

「帰りましょうよ。我儘言える相手がいるって、幸せなことですよ」

いつの間にか穂香さんの隣に駆け寄った真琴も援護する。名水の神はむくりと起き上がり、しばし目を閉じて逡巡《しゅんじゅん》しているようだったが、やがて諦めたように一言。

「……もういい、良きに計らえ」

と、その瞬間。ポン、と栓が外れるような小気味よい音が響いたかと思うと、

「えっ……ちょ、わ」

瑠衣たちの身体が宙に浮き、激しい水流が巻き起こる。上下反転した視界の中で、遥か遠くに大きな渦のようなものが立ち上っているのを瑠衣は見た。境内に浮いていた和傘も街中を練り歩いていた酒器も、瞬く間に渦の方へ引き寄せられていく。

「ルイ兄！」

真琴が伸ばした手を、瑠衣は辛うじて摑む。街に降り積もっていた澱が巻き上げられ、瑠衣と真琴は互いの手を摑んだまま白い渦の中へ――。

＊　＊　＊

ドン、という鈍い音で目が覚めた。

「――っ」

跳ね起きたそこは、蒸し暑い旅館の屋上。夏の夜空に、桃色の牡丹花火が咲いている。

はっとして隣を見ると、真琴もちょうど呻《うめ》き声《ごえ》を上げながら起き上がるところだった。

「すみません、最後までご迷惑かけてしもうて」

声がして振り向くと、打ちあげられた花火を背に穂香さんがこちらを向いている。その足元では真っ黒な犬が不貞腐れたような顔で伏せている。

「おかげ様で、何とか戻ってこられました。ついでに時間も少しだけ巻き戻してもらって、今は花火大会の日の夜です」

大通りの方から、人々の喧騒《けんそう》が聞こえてくる。酒の香りはもうしない。どうやら本当に戻ったようだ。真琴が穂香さんの元に駆け寄る。

「機嫌、直してもらえたんですね」

「まあ何とか。ほんまに骨が折れましたよ……お二人にもお手を煩わせてしもうて、申し訳ない限りです」

「いえそんな。お役に立てたなら……それに」

と、真琴がこちらを振り返る。

「ルイ兄がいてくれたおかげですよ」

瑠衣は照れ臭くなり視線を逸《そ》らす。褒められるのは柄じゃない。ほんまにありがとうございました、と穂香さんに頭を下げられ、瑠衣はますます恐縮する。

「女将に頼んで宿泊のお代、少しだけ負けといてもらいますね。まあ多分私のバイト代から引かれるやろうから、また頑張って働かなあかんけど」

「そしたらまた、へそ曲げられちゃうんじゃないですか」

「……その時はその時で。というか」穂香さんが足元の黒犬を睨む。「次に悪戯の後始末押し付けられた時は、特別手当貰《もら》いますんで」

真琴と穂香さんが笑い合い、瑠衣もこっそり頬を緩める。その後しばらく三人で、遠くに見える伏見の花火を眺めた。あのね、と真琴が瑠衣の隣に座って囁く。

「花火もそうだけど、私、綺麗なものが好きなの。……でね、女将さんが言ってたんだけど、明日の夜に五山送り火があるんだって。皆で見ようよ。かがり火で山におっきな文字書いてさ、見たことないけどきっと綺麗だよ」

振り向いた瑠衣の目に、真琴の横顔が映る。花火に照らされたその顔はまだ幼い。

「それからね、水族館も好き。京都水族館のチンアナゴめっちゃ見たい。あと、祇園辻《ぎおんつじ》利《り》の本店で抹茶ソフト食べたい。お寺とか神社は……あんまり詳しくないけど、でもルイ兄が案内してくれるならお勧めのとこ一ヵ所くらい行ってみたいな。それから」

「ちょ、ちょっと待って」真琴の意図が分からず、瑠衣は話を遮る。「……何の話？」

「何って――全部明日の予定に決まってるじゃん」

瑠衣は返答に詰まる。……そういえば、二人で決めてくれと言われていたような気がする。だとしても切り替え早すぎだろ、と呆れる瑠衣に、真琴が意地悪く笑う。

「ちなみに私、今までルイ兄に無愛想にされてたこと、結構気にしてるからね。――もちろん、今言った我儘をみんな叶《かな》えてくれるなら、まとめて許してあげてもいいけど……あ、でもその前に」

真琴は再び空を見上げる。一際大きな光の筋が、真っすぐに昇っていく。

「少しずつでいいから、お父さんとお母さんのこと、認めてあげてほしいな」

瑠衣は少し黙った後、溜め息交じりに答える。

「無茶な注文ばっかりだ」

真琴が悪戯っぽく笑う。極彩色の花の群れが夜空を彩る。不揃《ふぞろ》いで騒がしい、光の群れ。

「……まったく」

風が吹く。呆れるほどに、夏だ。

楪《ゆずりは》の里

谷瑞恵

◇
谷 瑞恵（たに・みずえ）
◇

PROFILE

三重県出身。『パラダイス　ルネッサンス』で1997年度ロマン大賞佳作入選。「伯爵と妖精」シリーズ、「思い出のとき修理します」シリーズ、「異人館画廊」シリーズ、『木もれ日を縫う』『めぐり逢いサンドイッチ』『神さまのいうとおり』『あかずの扉の鍵貸します』他、著書多数。

時間の重みを背負いながら、どっしりと踏ん張っているかのような門構えだった。紅葉も真っ盛りだというのに青々と茂る木のうしろに、揺るがない存在感でたたずんでいる。ありふれた住宅街に突如として現れる、切妻屋根を載せた薬医門《やくいもん》と、それにつらなる築地塀《ついじべい》は、古いお寺を連想させるが、ここは旅館だ。

香織《かおり》はひとり、門をくぐり、短い石畳の先にある玄関へ向かう。

母の遺品に、伊勢《いせ》の旅館からの絵葉書を見つけたのは一月ほど前だった。一周忌を過ぎたとはいえ、まだほとんど遺品整理もできていないが、鏡台の一番上の引き出しに入っていた。そこは、母にとって大切なものが入っている場所だ。結婚指輪やパールのネックレス、長年使っていた腕時計や、祖母の形見のブローチ。いつかは香織にあげる、そう言っていた貴重品に紛れて、無造作に放り込まれていた絵葉書だから、何か意味があるように思えた。

一見、よくある営業用の絵葉書だった。住所と母の名前が、毛筆で手書きされていたが、裏は印刷だ。神宮の宇治橋《うじばし》の写真に、時候の挨拶と、またのお越しをおまちしております、との言葉が添えられている。

母は、以前に伊勢を訪れ、この旅館へ泊まったことがあるのだろう。しかし、最近のことではない。少なくとも香織は聞いたことがないし、父にも確かめたが、おぼえがないということだった。

絵葉書が母の元に届いたのは、消印からすると三年前だ。葉書を取っておいたのは、訪れるつもりがあったのかもしれないが、結局訪問はかなわなかった。

印刷された差出人は、『旅館白石』と支配人の名前になっており、その横に、手書きで「伊藤益子」とある。宛名の文字とよく似ている。

男性名の支配人と同じ名字だから、伊藤益子は女将《おかみ》だろうかと想像した。

それにしても、気になった。母がかつて、この旅館に来たことがあるとしたら、父も忘れているくらい昔のことなのか、それとも家族には告げずに来たのだろうか。いや、母が不自然に家を空けることなどなかったはずだ。

秘密というほどのものではないかもしれない。ただ香織は、自分の知らない母を知りたくなったのだ。

母のことは、平凡な主婦だったとしか言葉が見つからない。香織にとってはやさしい人で、何をしてもほめてくれたし、失敗しても強く叱ったりはしなかった。だからといって、香織がわがまま放題にならなかったのは、あまりに頼りない母を守らなければと、逆にしっかりした気持ちになったからかもしれない。

訪問販売をうまく断れない母の代わりに、香織が追い出したのは中学に入ってすぐのことだった。カメラ付きのインターホンを父が購入したのはその直後で、それから彼女は、知らない人にはドアを開けないという、子供向けの言いつけを守るようになった。

その一方で、母は香織に対し過保護だった。かわいがっていた、のかもしれないが、少しでも帰りが遅いと、おろおろと近所を歩き回るほど心配し、体調が悪いと一晩中付き添ったりもした。だんだんと、過保護な母をうっとうしく感じる年頃になると、香織のほうから距離を取り、向こうも干渉を控えるようになったから、うまく親離れ、子離れしてきたのではないだろうか。

就職してからは、香織はひとり暮らしをしている。実家は電車で三十分しか離れていないから、母はたまに香織の部屋へやってきて、あれこれ世話を焼きたがった。部屋が片付くのはありがたいが、あまり踏み込んでほしくもないから、母とは外で会うように、買い物や食事に誘うことにした。娘と出かけるのは楽しいらしく、大抵機嫌がよかったし、突然部屋へやってくることもなくなった。

母にとっての生き甲斐《がい》や楽しみは、香織のことだけだったのだろうか。香織には、母が他に夢中になるようなことがあったかどうか、思いつかない。

亡くなるまで、母がいちばん楽しみにしていたのは、香織の結婚だったと思う。会えば必ず、早く結婚しなさいよとせっついた。たぶん、香織の結婚準備に精を出す自分にあこがれていた。それから、孫の世話もしたかったようだ。そんな、自分の努力ではどうにもならないことを夢見ているなんて、もっと自分を高めることに目を向けるべきだと、生意気にも香織はあきれていたけれど、結局どれもかなえられなかったのだ。香織にまだ結婚相手もいないうちに、母は突然倒れ、この世を去った。

今になって香織は、自分もそんな日を楽しみにしていたことに気がついた。結婚にあこがれていたわけではなくても、いつかは結婚するだろうと漠然と考えていたし、子供も持つだろうと想像していた。将来の夫の姿が浮かばないぶん、母がよろこぶ姿はありありと浮かび、結婚するのはきっと楽しいだろうと思っていた。母とは少し、イメージする時期がずれていただけで、似たような母子だったのだ。

父について不満を口にしたことはない母は、幸せだったはずだ。思春期のころは、平凡すぎる母に嫌気がさし、もっと華やかな、とくべつな何者かになりたいと夢を見ていたが、彼女の人生は、案外得がたい幸運に満ちていたのかもしれない。そう気づき始めた香織は、今さらながら、もっと母と話したかったと思っている。

就職して七年、香織は来年三十歳になるが、仕事も順調で、それなりに充実した日々を送っているし、母も結婚以外のことはうるさく言わなくなってきたところだった。これからはお互い対等に語り合えそうな気がしながらも、急いでそうする必要も感じていなかったことを悔やむ。そのうち、結婚相手が見つかったら、きっとたくさん語り合う機会もあるだろうと、いつまでも母が近くにいると思っていた。

母の姿はもう、どこにもない。信心深くもない香織は、母がそばで見守ってくれているなどと本気で実感することもない。ただ、どこかに魂の居場所があるのだとしたら、そこへ行けば、母を感じられるかもしれないと、『旅館白石』に興味を持った。ここへ来ればもう一度、母に会えるかもしれないと。

『旅館白石』は小さな旅館で、このごろよくある、古民家リノベーションの宿とも違い、古い宿そのままといった造りだった。案内された六畳の和室も、壁は白い土壁で、狭い床の間と押し入れがあるだけだ。隣の部屋との区切りは開かないように固定されたふすま一枚、天井のレトロな笠《かさ》におさまった蛍光灯には、紐《ひも》のスイッチしかない。

それでも、木枠の窓の上に市松模様のステンドグラスがはまっていたり、外の紅葉がゆがみのあるガラスに赤をにじませながらゆれていたりするのを見ると、妙になつかしい気持ちになって、落ち着ける部屋だった。

「建物は、門の雰囲気とは違うんですね」

門構えには、洋風の気配はみじんもなかったはずだ。

「はい。建物は昭和初期に建てられたんですが、門だけは江戸時代なんです。ここは昔、御師《おんし》の館やったもんで、築地塀が少しと、あの薬医門だけ残っとるんです」

案内してくれたのは茶衣着姿の女将で、香織の母と同世代くらい、六十歳前後だろうと思われた。この人が益子さんだろうかと思いながらも、訊《たず》ねるきっかけがまだつかめない。

「おんし、ですか？」

聞き慣れない言葉に、香織は問う。

「ええ、『おし』て言い方をするところが多いですけど、伊勢は『おんし』ですなあ。各地で伊勢講を開いて、参拝客を集めとったんですよ。今で言うツアーガイドさんみたいな役割で、大きな館を持ってみえて、連れてきたお客さんを泊めてもてなして。昔は何百軒もあったんですけど、明治に廃止されてしもたもんで、うちにあるのは門だけです。他の場所にも御師邸の遺構はございますけど、屋敷自体はもう、市内に一軒しか残っとらへんのですわ」

旅館白石は、御師の家系ではないという。それでももう、旅館として百年近くやってきているらしい。

「伊勢ははじめてですか？」

お茶を淹《い》れながら、女将は問う。

「あ、はい。こちらから絵葉書が届きまして、母が持っていたので、来てみようと思い立って」

ようやくきっかけを得て、香織は、急いでカバンから葉書を取り出す。

「この、益子さんというのは……」

絵葉書を手に取った女将は、ああ、と大きく息をつく。

「大女将です。わたしの姑《しゅうとめ》の。もう仕事を離れて、ここにはおりませんが」

それから彼女は、はっとした様子で葉書に見入った。

「いややわ、これ、わたしが大女将からあずかって、出した葉書です。大女将はよく、以前においでなさったお客さんにお便りを送っておりました。仕事を引退してからは、こういう葉書も出してなかったんですが、急にこれを書いて、投函《とうかん》してほしいってわたしに。めずらしいし、古いご縁のあるお客さんやろと思たんです」

やはり、母とこの旅館には、いや、大女将との間には、何かつながりがあったのか。

「母は、ここへ来たことがあったんでしょうか。いつごろのことかわかりますか？　じつは、昨年に亡くなりまして、この葉書が見つかったので、思い出深いところなのかなと思ったんです」

「そうでしたか。それでおいでなさって……」

葉書の宛名に書かれた母の名は、小田悦子《おだえつこ》。思い出そうとするように、女将はじっと見ていたが、記憶になかったのだろう。

「うちの者に訊《き》いてみます。宿帳にお名前があるかもしれませんし。姑は、このところ記憶があいまいで。正確に思い出せんと思うんです」

礼を言って、香織はお願いすることにした。女将も、大女将と縁のある客のことが気になったのだろう。


外宮《げくう》さんやったら、歩いても行けますでな。そう聞いて、香織は夕食までの時間にお参りを済ませることにする。

参道に出るまでは、地元の人しかいないような道で、人通りもまばらだ。住民は車で移動することがほとんどなのだろう。たまに歩いている人とすれ違ったが、服装などから観光客だと思われるグループばかりだった。

秋の連休ともなれば、電車も駅も混雑していたが、香織がいるのは、観光地らしい気配のない道だ。母もかつて、この道を歩いただろうかと、とりとめもなく考えていると、葬儀で会った母方の親戚の顔が思い浮かんだ。

母の親である祖父母はもういない。香織の叔父である、母の弟が来ていたが、香織自身はあまり面識がなく、挨拶程度しか話をしなかった。

「悦子ちゃんは、香織ちゃんのこと本当にかわいがってたね。たったひとりの身内だからね」

そう言ったのは、母ともっとも交流があった、母の従姉《いとこ》だった。

たったひとりの娘と言うべきところを、身内という言い方になったのだろうと、そのときは深く考えなかったが、思い出したのは、なんとなく引っかかっていたからだろうか。従姉はたぶん、母の血縁者を思い描いたのだろう。弟とは疎遠になっていたのだから、身内だと考えないほうがいいと、暗に念を押したのか。

母方の祖父母が存命中は、香織も母の実家にはよく行っていたけれど、思えば母方の叔父のことは、子供ながらに苦手だった。お年玉をくれたことがないから、あんまり好きじゃないと思っていたが、それだけではなく、母に対する叔父の態度にはいつも棘《とげ》があって、香織は叔父を見ると、なんだか体が冷たくなるような気がしていた。

知らない道なのに、考えごとをしながら歩いたせいか、曲がり角の目印を見逃してしまった。行き過ぎたことに気づき、香織は立ち止まって周囲を見回す。

民家ばかりだ。とりあえず戻ってみようとしたとき、ふと、すぐそばにある家の軒先に目がとまった。しめ飾りだ。

玄関のドア上に、正月に飾るようなしめ飾りが張り付いている。香織の知識では、それは正月の松の内が過ぎれば外さなければならないものだ。なのに、今はもう十一月、一月ちょっとでまた正月がやってくるというのに、よほどものぐさな家なのか。空き家かとも考えたが、玄関前の植え込みはきれいに整えられていて、そんな気配もない。

周囲に視線を動かすと、隣の家にも同じようにしめ飾りがある。振り向いた向かい側にも、移動しながら確認しても、どの家にも例外なく、しめ飾りが軒下に鎮座していた。

もはや美しいとはいえない。藁《わら》はくたびれ、かつて緑だったはずのウラジロは茶色く枯れて、橙《だいだい》はしぼみきっている。変なの、と思いながら、写真を撮ろうと何気なくスマホを構える。

「勝手に撮らんといて」

背後の声に、あわてて手を下ろす。

「すみません。ちょっと、めずらしくて」

人の家の玄関だったと、詫《わ》びながら振り返ると、高校生くらいの男の子が腕組みして突っ立っていた。

「しめ飾りやろ。一年中つけとくもんやで」

香織のように、めずらしがる観光客をよく見かけるからか、彼はちょっと不機嫌そうだ。

「どうして？」

「ほんなら、さっさと外すんは何でなん？」

理由はよく知らないが、それが普通だと思っている。

「付けとかな、意味ないやん。厄除《やくよ》けなんやで、一年間、神さんに守ってもうて、年末に付け替えるんや。しめ飾りがなかったら、その間に疫病神が来たらどうするんさ。こっちが普通とちゃうん」

今どきの子にしては、風習を大事にしているようだ。香織は微笑《ほほえ》ましく感じ、もう少し話したくなっていた。

「そうなんだ。ここは神さまのお膝元だもんね。ねえ、あれは何が書いてあるの？」

しめ飾りについている、木の札に目をこらす。どこのしめ飾りにも木の札がついているのだが、香織にはめずらしく思える。

自分の生家も祖父母の家も関東で、正月のしめ飾りは、これとは形が違っていた。輪にした縄にぶら下がる和紙の紙垂《しで》も紅白と、華やかな正月飾りという雰囲気で、文字などはなく、あっても『謹賀新年』みたいな言葉だった。しかしここのは、横一文字の縄に藁の束が箒《ほうき》のように垂れ下がっていて、鳥居の形に少し似ている。紙垂も神社のような白一色だ。そして何より、中央にある木札が目立つ。

「蘇民将来子孫家門《そみんしようらいしそんかもん》」

さらりと彼がつぶやいた言葉は、香織には聞き慣れない言葉で、意味を受け止められず、呪文のように耳に届いた。

「そみん……?」

「昔々、スサノオノミコトが訪れたときのこと、神さんはえらい汚い格好で、お金持ちの巨旦将来《こたんしょうらい》に一夜の宿を求めたんやけど、断られた。そんで兄の、貧乏な蘇民将来のとこへ行ってみたら、大いに歓迎してもてなしてくれたんやて。というわけで、スサノオノミコトは蘇民将来に、厄除けのまじないを教えてくれた。木の札に蘇民将来の子孫だと書いておけば、厄災は近づけへんようになる。ってわけや」

わかりやすい説明だった。きっと話し慣れているのだろう。それにしても、蘇民将来、というのはなんとなく意味のある四字熟語かと思っていたが、人名だったようだ。子孫家門、という文字は読み取れるし、意味もそのままだとわかる。

「わりといろんな土地でも、この言い伝えは残っとるで。木の札と違《ち》ごて、茅《ち》の輪《わ》を飾るって話もあるんやて」

「へえ、そんな伝説があるんだね」

無知な大人を、彼は少し残念に思っているのだろうか。まっすぐな黒い瞳に気圧《けお》される。

「白石に泊まっとんのやろ?」

香織から目をそらさないまま、そう言う。

「どうしてわかるの？」

「そんな地図、手書きコピーのアナログなんは白石やわ」

たしかにそうだ。道順くらい、スマホでわかるのだが、簡略化された地図は案外頭に入りやすくてもらってきた。

「白石のこと、よく知ってるんだ？」

「じいちゃんが、前に白石で板前しとったでな。あそこの御師門《おんしもん》にも、しめ飾りあるはずやで」

そのままきびすを返した彼は、道をはさんだ建物に入って姿を消した。

彼の家だろうか。『寿司光《すしみつ》』と書いた看板がある。

おじいさんが板前だったのはいつごろだろう。大女将とはよく知った間柄だったかもしれないし、彼女が忘れてしまったことも、おぼえているのではないか。そんなことが香織の頭をよぎったが、正直言って何を知りたいのか、まだ自分でもよくわかっていないのだ。

時間があれば、寿司を食べに来てみようか。考えながら、その場を離れる。

母と大女将には、いったいどんな縁があったのだろう。何一つわからないのに、実際に来てみると、香織は記憶を刺激される。叔父のことを思い出し、子供のころを思い出した。それが母と白石の絵葉書に結びつくのかどうかわからないまま、母が来たかもしれない町を歩く。

参道の風景も、外宮のたたずまいも、香織にとってはじめて見るものだ。なのにまた、急に遠い記憶がよみがえる。

あれ？　わたし、あんな場所を見たことがある。

そう思ったのは、観光案内所にあるアザラシやセイウチの写真を使ったポスターを見たときだった。ゴマフアザラシのまだらの毛並、しっとり濡《ぬ》れて弾力があって、ほんのり温かい皮膚の感覚を知っている、急にそんな気がした。

そう、水族館だ。そこで、アザラシに手を触れ、ぬいぐるみを買ってもらった。アザラシのぬいぐるみはどうなったかおぼえていないが、それを抱いた写真があったはずだ。祖父母と母と、幼い自分が写った写真が脳裏に浮かぶ。香織は三、四歳といったところだから、アルバムにあった写真だけしか記憶にはないが、あのときアザラシを間近で見て、手を触れたことが不意に思い出されたのだ。写真は、以前に伊勢へ来たときのものだったのではないだろうか。

夫婦岩《めおといわ》で有名な二見《ふたみ》にある、伊勢シーパラダイスでは、アザラシやセイウチなどと触れあうことができるとポスターにもある。しかし、香織の写真の背景は水族館ではなかった。

細部を思い出そうとする。記憶では、お寺の前で撮ったというイメージだ。もしかしたら白石の、御師の門だったのではないか。

あの写真は、誰が撮ったのだろう。写っていないのは父だけだけれど、父は、伊勢へ行ったことはないと言っていた。母が行ったことも記憶にないようだった。アルバムに写真があるのだから、香織が母と祖父母と旅行をしたことは、父も知っているはずだけれど、写真は伊勢の名所ではないし、随分前のことだから忘れているのかもしれない。

あの写真が伊勢で撮ったものだとすると、なぜ祖父母と母との四人で来たのだろう。たまたま父の都合が悪かっただけ、きっとそんなところだろうと思うものの、旅館からの葉書が母にとって何だったのかはまだ、不可解なままだ。

〝香織は、泣きながらアザラシに触ってたね。怖いならやめてもいいのに、やめないって言い張って〟

そう言って母が香織をからかうことは、小学校の低学年ごろまで時々あった。そうだ、あのころの香織は、アザラシに触ったことをおぼえていたのに、随分長いこと忘れていた。伊勢シーパラダイスのポスターと、アルバムの写真とが不意に結びついて、母の言葉が呼び起こされたのか。ここへ来なければ、きっと思い出すことはなかっただろう。

〝自分でちゃんと、感触を確かめたかったのね〟

三歳くらいの自分が、何を思っていたのかはまったくわからない。でも母は、葉書を見た香織がここへ来ると、何かを確かめたくなると、確信していたのだろうか。

自分の死を悟っていたはずはない。だからもし、この先何十年後かに香織が引き出しを開けるときを想像していたとしたら、母はここへ来るつもりはなかったのかもしれない。

夕食を終えると、女将が部屋を訪ねてきた。二十六年前の宿帳に、母の名前があったという。旅館へ戻ったとき、香織はそのころに母がここへ泊まったかもしれないと話しておいたのだった。そこで女将は、蔵にある古い宿帳を確かめてくれたようだ。近年の記録では何も見つからなかったというから、思い出せたのは幸運だった。

当時の帳面によると、母の名で予約し、四人が宿泊している。幼児がひとり、これが香織だろう。五月五日に一泊とあり、情報はそれだけだった。

当時も働いていた従業員はいるが、香織一家のことは記憶にないらしい。一泊だけのお客さんを、最近ならともかく、何十年もおぼえていられないだろう。女将はというと、夫共々まだここを継ぐ前で、別のところに勤めていたという。

「大女将さんは、このときの訪問をおぼえていてくださったんでしょうか」

「そうですね。何か、印象的なことがあったんかもしれません」

それは、よい思い出だっただろうか。でなければ、わざわざ母に葉書を出さないだろう。香織はそう思うことにする。

「もしかしたら、もっと昔のご縁かもと思たんです。大女将が、一冊だけ宿帳を自分の部屋に置いてましして。そんな昔の宿帳はもう、他には残っとらへんもんで、それ以上はお調べできへんのですけど」

「もっと昔、といいますと？」

「六十年前です。でもそれには、小田さんや、悦子さんていうお名前はありませんでした。そらそうですね、お母さまのこととは関係のない宿帳やと思います」

たしかに、女将の言うとおりだ。頷《うなず》くわたしに、女将はあるページだけを開いて見せてくれた。

「ここに付箋が貼ってあったんですけど、このお名前はご存じですか？」

西島一子、と書いてある。ひとりで宿泊していて、住所は大阪府だ。母とは縁もゆかりもない。

「いえ、聞いたこともありません」

女将は、この古い客人と大女将がどういう関係なのか気になるのだろう。香織の知りたいこととは一致しなかったけれど、念のために確かめたようだ。頷いて、宿帳を閉じた。

ひとりになってしまうと、旅先の夜は静寂が身に染みた。

ひとり暮らしは慣れているが、ここはやたらと静かだ。暗くなると、窓の外にあった庭の木々も見えず、闇に包まれる。外灯も民家の明かりも、近くにあるはずなのにここまでは届かない。

観光地とはいっても温泉街とは違い、旅館が並んでいるわけでもなく、近辺にあるのはこの町の日常だ。都会にはない、夜のある町。そして神さまのいる町。

温暖な土地だと感じたが、夜はさすがに冷え込む。香織は、旅館の半纏《はんてん》を羽織り、部屋を出る。この旅館は、風呂もトイレも部屋の外だ。今どきめずらしいけれど、古い建物を維持しながら改修するのは限界があるのだろう。

赤い絨毯《じゅうたん》が敷かれた廊下は、少しきしむ。格子の窓が続く薄暗い場所を、ひとりで歩きながら、幼かった自分はこの風景を見ていたのだろうかと不思議な気持ちになる。そのときのことは思い出せないのに、子供のころに見た夢を思い出す。暗い和室の窓辺に、母が座っている夢だ。着物、いや浴衣姿だっただろうか、母の後ろ姿を見ている香織は、母が泣いていると思い、身動きできないまま、映画でも見ているかのようにじっと眺めていた。

前から、従業員の作務衣《さむえ》を着た女性が歩いてくる。掃除をしていたのか、頭を手ぬぐいで包み、ブリキのバケツを下げている。

香織に道を譲り、こんばんはと頭を下げる女性は、顔を見るとそれなりの高齢だ。おばあさん、といっていい年齢だろうけれど、遅くまで仕事をしている。

ぼんやりと香織は、自分とその人を重ねる。自分はどんなふうに年月を重ねるのだろう。一生ひとりで過ごすかもしれないと思う心細さを、以前は感じたことがなかったのに、母がいなくなり、ふとしたときにまとわりつくようになった。母の干渉を嫌いながらも、香織はたぶん、母がたどった安全な人生は、いつでも簡単に得られるものだと安心していた。母と同じ道をたどる気はなくても、いざとなれば母が示してくれた道がある。それが目印になっていたから、他の場所へ踏み出すことも怖くなかったのだ。もしも目印がなければ、道に迷ったことにさえ気づけない。

作務衣のおばあさんが、ひとり者だとは限らないのに、ひとりで生きてきたかのように想像していた。ひとりで泣いていた母の、夢の続きに現れたかのようだったから。


翌朝香織は、もう一泊滞在を延ばすことにして、宿を出た。

その足で内宮《ないくう》に参拝し、昨日のように、何か思い出せないかと注意深く見て回ったものの、結局何も思い出せなかった。祖父母と母と来たときも、おそらくは参拝しただろうと思うものの、神宮のことはまったくおぼえていなくて、アザラシだけが記憶に残っているのだ。

ぬいぐるみの写真があったことは大きいが、三歳の子供にしてみれば、神宮には楽しさを見出《みいだ》せなかったのだろう。

あのとき、母と大女将の間にはどんな交流があったのか。旅館白石には、当時をおぼえている人はいないというが、昨日から香織の頭の隅にあったのは、蘇民将来のことを教えてくれた少年だ。彼の祖父が以前、白石で板前をしていたという。もしかしたらその人は、二十六年前に白石にいたかもしれない。

参拝のあとに、あの寿司屋を訪ねてみることにする。お昼をそこで食べようと思い、観光客で賑《にぎ》わう「おはらい町」も「おかげ横丁」も素通りした。

母なら、きっと熱心に土産物を見て回ったことだろう。名物も買い込んだに違いない。しかし香織は、旅行へ行っても土産物には関心がない。誰に何を買うか考えるよりも、別のことに時間を使いたいほうだ。

大人になってから、何度か両親と旅行をしたことがあるが、母がすぐ土産物屋に入りたがるのには毎回うんざりした。父がよく文句を言わないものだと感心するほどで、母の気が済むまで休憩所で待っていたものだ。早く切り上げて、行きたい場所もあるのに、母は待たせている父や香織のために好物を買おうと選んでいて、さらに時間を使うのだ。

香織がさすがに文句を言い、母をしょんぼりさせたことは数え切れない。

考えてみれば、一度も母をよろこばせたことがないままだ。子供のころから、母は数々の習い事を香織にさせたが、どれも身につかなかった。成績もふつうで、運動神経も人並みだ。それはともかく、香織が看護師を目指したときの、母の落胆は忘れられない。

香織にきつく当たったことは、ほとんどなかった母だけれど、そのときだけは強い口調で反対した。責任感のいる仕事だから、自分のことより他人を優先するなんて、香織には無理だからと。

母は香織を、どんな娘だと思っていたのだろう。たしかに我が強いほうだけれど、無責任だったつもりはないし、人のために働きたいという熱意もあった。それが引っかかってから、香織は素直に、母を自分の理解者だと思えなくなっていた。

そう、理解者でいてほしかったのだ。過保護な母だと思いながら、それを期待していたのは香織のほうだったのだろう。

香織の選択を、将来を、いつまでもやさしく見守っていてほしかった。本当のところ香織は、親離れなんてしていなかった。

『寿司光』には、「準備中」の札が掛かっていた。昨日は食事の時間帯ではなかったから、お客さんがいる様子ではなかったのも気にしていなかったが、今は正午過ぎだ、てっきり営業していると思ったのに、がっかりした香織は、急に空腹を感じていた。近くに店はないだろうか。外宮の参道まで行けば、と考えていると、いきなり寿司屋の扉が開いた。

「すいません、うちは夜しかやってないんです」

格子の入った磨《す》りガラスを通して、うろつく香織の影が見えていたのだろう。出てきたのは、昨日の少年だった。

「あれ？　昨日の人」

向こうも気づいたようだが、意外だったのか、驚いた顔をしている。

「あ、うん、お昼はダメなんだね」

「来てくれたんや。ごめんな」

なぜ香織にタメ口なのか、今さら疑問に思うが、最初に撮影を注意するという状況だったからかもしれない。香織自身は、彼のくだけた態度にこちらも身構えずにいられたし、方言のこともあってか、それが彼らしい話し方だと受け止めて、自分もふだんの口調になっている。

「ううん、残念だけど。あ、白石の門にも、しめ飾りあるの見たよ。随分大きくて立派なのだった」

門のそばにある木が、枝葉を茂らせていたために、上のほうはその陰になって、しめ飾りは半分隠れていた。しかしそれ以上に、年季の入った木造の門に、風雨にさらされたしめ飾りは、何の違和感もなく溶け込んでいた。民家の玄関では浮いて見えても、まったく違う印象だったのだ。

「やろ。あのしめ飾りは特注なんさ」

「おい、光喜《みつき》、お客さんやったら入ってもらいない」

引き戸の向こうで声がする。少年が振り返り、「ええの?」と問う。

「ちらし寿司でよかったら、すぐできるでな」

少年に促され、中へ入ると、カウンター席のみの店内で、白髪頭の老人が新聞を広げていた。

「こんにちは。お店開いてないのに、すみません」

「じいちゃん、この人、白石に泊まっとるんやて」

「ああそうなん。今、白石の話をしとったもんで」

そこに香織が現れたので、少年は驚いたのだろうか。老人はゆっくりと新聞をたたみ、カウンター席から立ちあがると、前掛けをしつつ調理場へ入っていく。

「跡取りもおらへんし、ボロいし、繁盛しとらへんってゆうとったとこや」

「うちといっしょやもんな」

「でも、情緒のある宿です。むしろこれから、見直されそうな気がします」

「どやろな」

少年がお茶を淹れてくれて、香織の隣に腰を下ろした。

「じいちゃん、おれもちらしな」

「さっきハンバーガーやら食べとったやんか」

「足らんわ」

さすがに食べ盛りだ。刺身を切る祖父の手つきを、楽しそうに覗《のぞ》き込《こ》む。手を動かしながら、老人は香織に問う。

「そやけどお客さん、何でまた白石を選んだん？　新しい旅館もようけできたし、若い人は志摩《しま》のしゃれたリゾートホテルへ行くらしいで」

「あ、もしかして歴女？　白石には御師の門しかないけど」

「いえ、そういうわけじゃ……。あの、ご主人は白石に勤めていらっしゃったそうですね」

ここへ来た目的を思い出し、香織は背筋を伸ばした。

「ああ、うん、えらい前のことやけどな。中学出てすぐ、白石へ修業に入ったんや。二十年勤めたなあ。それから、大阪へ行って、店持ったりしたけど、また伊勢へ戻ってきたんさ」

「それじゃあ、二十六年前だと、白石にはいらっしゃらなかったんですね」

「そやな」

「二十六年前の白石のこと知りたいん？」

少年が不思議そうに問う。

「まあね。その年に、わたし、母と祖父母と白石へ来たことがあるんです。小さかったので、ほとんど記憶にないんですけど、大女将さんが、何かで母のことをおぼえてたのかもしれなくて、三年前に突然、葉書が来たんです。ごく普通の営業用の葉書でしたけど、母が大事に取ってたみたいで、理由を知りたくなって来てみました。母が、去年に亡くなったので」

「そうやったん。大女将は、だいぶ具合がよくないみたいやでなあ。おれもお世話になったもんで、たまに見舞には寄るけど、あんまり話はできへん。まあ、いつもニコニコしてみえるけどな」

「じいちゃんが修業に入ったのって、ええと、六十年以上前やん？　ほんならあの大女将も若女将やったん？」

「そや、若女将やった。なかなか美人やったわ」

「想像できやん」

眉間にしわを寄せる少年が、おかしかった。

「三年前やと、まだ時々は話ができたわ」

そんな状況で、大女将は母を思い出したのだろうか。

「二十六年前……か。そのころは、観光客が減って、白石も従業員を減らしとったかもしれんな」

母をおぼえている従業員はいないと、女将も言っていた。

「もっと大昔やったら、おれでも役に立てたやろけどなあ」

「そういえば、六十年前の宿帳を大女将さんが一冊だけ持ってたみたいで、わりと新しい付箋が貼ってあったのを、女将さんが見せてくれました」

「へえ、なんやろ」

老人も興味があるのか、刺身を盛り付ける手が止まる。

「西島一子さん、って人でした」

「西島……、名前はおぼえとらんけど、あのときの看護婦さんかもしれん」

「あのときって？」

少年も興味を感じたようだ。

「妊婦さんが泊まっとって、夜中に急に産気づいたんや。ちょうど看護婦さんがおったもんで、早産やったけど旅館の中で無事生まれたらしいで。その看護婦さんと違うかいな？　大女将は時々、看護婦さんと手紙のやりとりをしとるて聞いたことがあるわ」

それは、若かった大女将にとって、記憶に残る出来事だったことだろう。長年旅館を守ってきただろう彼女が、その日の宿泊客を記した宿帳だけは処分しなかったのもわかる気がした。

「じいちゃん、今は看護師ゆうんやで」

「あのころは看護婦や」

「六十年前なんて、ようおぼえとるな」

「そんなんで感心してたらいかんで。人の記憶なんて、長《なご》ても百年や。その先もつないでくのはえらいことやわ」

「そやなあ。御師のこと、もうみんな知らんし、白石のあれも、ふつうに白石の門やと思われとる」

若いのに物知りな少年を、香織が不思議そうに見ていたからか、老人が言う。

「こいつは歴史部なんさ。おれより昔のことよう知っとるわ」

「ああ、それで。昨日も興味深い話を聞きました」

歴史にはまったく疎い香織だが、昨日彼に聞いた、蘇民将来の言い伝えといい、ちょっと興味を感じている。

「御師の時代の生き残りは、あの門前の木だけやな」

老人がそう言うと、少年は深く頷いた。

「御師って、お伊勢参りのツアーガイドみたいなものだったって聞いたけど。江戸時代に団体旅行とかってあったの？　庶民にはそんなお金もなさそうだし、簡単に旅行なんてできなそうだけど」

「うん、簡単じゃないからこそ、実際にお参りに行けたら御利益もありそうやし、いつかは、ってあこがれも強かったんやろ」

彼の話によると、御師は室町時代にはすでに全国を回っていたらしい。伊勢神宮の神職で、各地に通っては豊穣《ほうじよう》祈願を行ったり御札《おふだ》を配ったりして、信者の集団をつくってきた。裕福な一族もいれば、貧しい村もある。そこでは住人たちが少しずつお金を積み立て、年に一度、代表になった人たちが遠方からの参拝を果たしたのだそうだ。代表者は、村のみんなの分、御札やお土産を持ち帰る。代参でも、みんなが御利益を授かれるというわけだ。次回の積立金が貯《た》まるころには、また別の人が代表になれるという仕組みで、いつかは自分の番がまわってくる。一生に一度かもしれない旅行を楽しみにしていたことだろう。

「滞在中はお金を払わなくてよかったの？　本当にパックツアーみたいね」

「うん、何から何まで御師が手配してくれたから、安心して楽しめたやろな」

御師の家では、そうやって遠方から来た代表者のグループをとことんもてなした。宮《み》川《がわ》の渡しで駕籠《かご》を出して迎え、広い屋敷に宿泊させると、神楽《かぐら》を行い、ご馳走《ちそう》を振る舞う。もちろん、二見浦《ふたみうら》での禊《みそぎ》から外宮、内宮への参拝まで案内するが、遊ぶ場所へも連れていってくれた。古市《ふるいち》というところに当時の花街があって、大変な賑わいだったらしい。そうして、豪勢なお土産をたっぷり持たせて帰すのだから、代表者一行は大満足だっただろうし、地元で話を聞く人たちも夢のように感じ、あこがれを強くしたに違いない。

海の幸がたっぷり入ったちらし寿司を食べながら、昔の人もこんなご馳走を口にしただろうかと想像する。お酒も入っていないのに、伊勢エビの出汁《だし》をとった赤だしに酔う。

二十六年前の、幼い自分が訪れた場所は、六十年前に誰かが生まれ、二百年前には御師が全国から旅人を連れてきたところなのだ。

あの門をくぐった人たちは、年齢も身分も、性別も職業も関係なく、参拝を目的にしていただろう。よりよい未来を願って、あの門に迎えられた人たちが、時空を超えた長い長い列をつくっている様が、夢でも見るように香織のまぶたに浮かぶ。

大鳥居を前に歴史と神話を意識した感覚とはまた違う、それは、まだ俗世にいる人々の、生身の気配だ。

日常を離れた体験に心躍らせ、好奇心を満たし、楽しみを求めている、今の旅行客ときっと同じ気持ちで、ただ浮かれ、笑い合っている。それぞれに苦労をし、哀《かな》しみを抱えることも少なくなかっただろう人たちが、神さまに救いを求めて訪れながらも、もてなしやご馳走に癒やされる。案外、旅とはそういうものかもしれない。

御師門の屋根よりも背の高い木は、江戸時代にはまだ、幼児くらいの背丈だっただろうか。門を出入りする人々を見上げていたのに、今はもう、門さえも見下ろしている。旅館白石まで戻ってきた香織は、門の前で立ち止まり、御師の時代を知る生き残りに、そっと手を触れる。

寿司光の老人は、縁起のいい木だとも話していた。紅葉が色づき、広葉樹が散りつつある今も、青々と茂っているため、ウラジロやヒイラギのように、葉はしめ飾りにも使われているらしい。

しめ飾りのどこにあるのか、香織は門の上のしめ飾りをよく見ようと覗き込むが、緑の葉はもう茶色く枯れてカサカサになっていて、かろうじてウラジロの残骸がぶら下がっているだけだ。門前の木は、少し細長いが一般的な葉の形をしている。葉脈は赤みがあり、くっきりしているところも、絵に描いたような葉の形だ。

「立派でしょう？　ユズリハです。樹齢は二百年以上だそうですが、はっきりとはわからないとか」

ずっと上を見上げていた香織の背後で声がした。箒を手に、作務衣を着た年配の女性が立っている。昨日の夜に見かけた人だ。昨日は暗くて、随分年老いて見えていたが、昼間の彼女は、髪の毛こそ灰色だが、背筋をしゃっきりと伸ばし、化粧をしている。赤い口紅だけが浮いて見えたが、きっと若いころから、同じ色をつけているのだろう。

「あのう、これがしめ飾りにも使われてるっていうのは、本当ですか？」

「ええ、はい。あれにも使われておりますよ」

彼女も見上げる。視線の先には、しめ飾りがかかっている。

「蘇民将来子孫家門と書いた木札がありますでしょう？　その下に、葉の先が少し見えてますよ」

言われてやっとわかった。枯れた葉の先が、ちらりとはみ出している。

「ああ、ホントだ」

家で正月に飾っているものにも、そういえばこんな葉が入っていたような気がする。

「ユズリハは、若葉が出てくると、その下にある古い葉が落ちていくんです。新しい葉にゆだねていく様子が、子孫繁栄に重なって、こんなふうにしめ飾りに使われるようになったんでしょう」

彼女の言葉には、訛《なま》りが感じられない。少なくとも、香織には関西風に聞こえるこの土地の言葉ではない。出身は別の土地なのだろう。作務衣の胸元には、刺繡《ししゅう》で「北島和子」と名前がある。

「それで、ユズリハっていうんですね」

老女は物思うようにゆっくりと頷いた。どこかから伊勢へやってきて、ここに根を下ろした人。二百年以上も、ここで若葉に生命をつなぎ続けた木を、どんな思いで見ているのだろう。

「あのう、この旅館では長いんですか？　わたし、二十六年前にも来たことがあるんです」

当時を知る人がいないと、女将は言っていたが、念のために訊いてみる。

「わたしがここへ来たのは、八年ほど前なんです。今はもう、非常勤にしておりまして、連休なので手伝いに来ております」

「そう、でしたか。昔のことは、もう大女将さんしかご存じないみたいですね。女将さんもそんなことをおっしゃってましたから」

「大女将がお元気ならよかったんですけど」

この人も、大女将と親しくしていたのだろう。寂しそうに目を伏せる。

「ああそうだ、二十六年前でしたら、大女将が写真を撮りませんでしたか？　フィルムのカメラをいつも持っていて、お客さんの写真を撮ってたらしいですよ。でもほら、だんだんそういうのも個人情報だとかで好まれなくなって、やめたと聞きましたけど。以前は、旅館で撮った写真をあとでお客さんにお送りして、よろこばれてたそうです」

香織にはっと思い浮かんだのは、あの写真だ。この門前で撮ったのかもしれない写真だったが、誰が撮ったのかわからなかった。大女将が撮って、あとで送ってくれたものなのではないか。だとしたら、つじつまが合う。

たぶん、母たちはカメラを持っていなかったから、あのときの伊勢への旅行では、ほかに写真がない。旅館白石の前で撮った一枚だけが、香織の幼いころのアルバムに収まっている。

お客さんの写真はまだ残っているのかと訊いてみるが、大女将の趣味の写真だったので、今はどうなっているかわからないということだった。

「譲ろうとしない葉も、譲るものもなく散る葉も、この木にはないんでしょうか」

立ち去り際に、彼女がつぶやいた言葉が、風がかき立てた木の葉のざわめきのように、香織の耳に届いた。

母と香織、そして祖父母の写真は、あの一枚だけなのだろうか。もしかしたら、他にも大女将が撮っているかもしれない。そう思った香織は、女将に訊ねてみたが、写真は大女将がまだ元気なときに、自分で処分したということだった。

お客さんをすべて撮影していたわけでもなく、希望者だけだったらしい。たまに、焼き増ししてほしいという連絡があったので、ネガとともにしばらくは保管していたが、そもそもずっと取っておくようなものではなかったそうだ。

旅館の玄関のそばに、ラウンジというべきか迷う和室がある。座卓と座椅子が置いてあり、庭を眺めながら休憩することができる。そこで女将と向かい合っている香織は、彼女と話すことに不思議と楽しさを見出している。母に近い年齢だからかもしれない。

「大女将が若いころは、記念写真をサービスでもらえるっていうんで、えらいよろこばれたらしいんですけど、もう、余計なお世話ですね」

笑うが、彼女の目尻には寂しさが漂っている。

「若いころ……、そういえば、この先の寿司光っていうお寿司屋さんへ行ったんですが、そこのご主人が、若いころにこちらで修業をしたとか。大女将さんとも、長いつきあいだと聞きました」

「ええ、小林光男さんですね。わたしもよく存じてます。小林さん、昔話がお好きでねえ。何十年も前のこと、話してみえたでしょう?」

「はい、六十年ほど前のことを聞きました。妊婦さんが宿泊してたっていう話を」

やっぱり、と女将は大きく頷く。

「その話、わたしも小林さんから何度も聞きました。でも、小林さんもその場にいたわけじゃないんですよ。主人も、当時をおぼえてるわけと違ごて、大きなってから聞いたんやとか」

そのとき実際に起こったことは、旅館白石にも知る人はもういない。大女将の、薄れゆく記憶にしかない。

「それにしても、あの話は六十年前ですか。えらい昔やわ。わたしも主人も赤ちゃんやわなあ」

「そのときの看護師さんとは、大女将さんが手紙のやりとりをしてたとかも、おっしゃってました」

そのことは、女将は知らないのか首を傾《かし》げた。

「看護師さんと……、そうですか。いろんなお客さんと手紙をやりとりしとったようですけど」

「看護師はたくさんいますからね。実はわたしもそうなんです」

めずらしい職業でもないから、その人がどこの誰かを知るのは難しいだろう。そもそも香織は、二十六年前に訪れた母に、大女将が絵葉書を送ってきた理由が知りたかったのだ。なのに、さらに昔の話に引き込まれている。たぶん、自分と同じ職業の女性が、何十年も旅先の人の記憶に残っているのが不思議だから。

「あれまあ、ご縁ですかね。もしかしてお母さまも？」

「いえ、母は、主婦でしたので」

結婚前は、父と同じ会社にいた。事務職だったはずで、何か特技があったわけでもない。主婦としての母も、趣味というほどのものもなかった。服装もふつうで、良くも悪くも目立たない。人はいいけれど、感謝されるよりも利用されやすい。そんな母が、どうして大女将の記憶に残っていたのだろう。

「そういえば、うちにも看護師やった従業員がおります。大女将の知り合いで、最近は忙しいときだけ来てもうてます」

門前にいたおばあさんが思い浮かぶ。

「そのかた、北島さんってお名前の？」

「はい、お会いになりました？」

「さっき、ユズリハの話を聞かせてくれました。看護師さんだったんですね」

長年勤めた病院を定年退職し、この旅館へ来たそうだ。大女将は、知人の紹介だと言っていたらしい。

誰かが女将を呼ぶ。彼女が仕事に戻っていくのを、少し寂しく思いながら見送り、香織も部屋へ戻ろうと立ちあがった。

ふと見ると、フロントのカウンターの内側に、六十年前の古い宿帳が置いたままになっている。女将もあれから気になって、眺めていたのかもしれない。

手の届く場所にあるそれに、吸い寄せられるように近づいていった香織には、不意に頭に浮かんだことがあった。

門の前にいたあの女性は、大女将と文通していた看護師なのではないか。だとしたら、突然白石へやってきて、突然雇われたのも理解できる。

六十年前の宿帳を、一冊だけ、大女将が大事に持っていたという。白石で赤ちゃんが生まれた日の記録があるものだと考えるのが自然な気がする。もちろん、大女将にとって別の大切な日があったのかもしれないが、少なくとも、寿司光の主人も、六十年前と聞き、妊婦の出産を思い出していた。

この宿帳がその日のものなら、昔ここで妊婦を助けた看護師が宿泊している。香織は宿帳に手をのばし、付箋の場所を開く。付箋はページを示しているだけで、名前の場所に貼ったわけではないかもしれないと、北島和子という文字をさがすが、見つからない。前後をめくってみても、ない。

付箋の場所にある名前は、西島一子。

北島ではなく、西島。

はっとして、香織は息を呑《の》んだ。

北島和子が、あえて名前を変えたかのようではないか。北を西にし、そして一子は、〝かずこ〟とも読める。宿帳に偽名を使う理由はわからないが、偶然の一致だろうか。

西島一子は、ひとりで宿泊している。昔は、女性のひとり旅というだけで嫌う宿があったと聞いたことがあるから、余計な詮索を避けようと、偽名にしたのかもしれない。近くの旅館で断られていたら、同じ名前を使うのはためらうだろう。

年齢は二十二歳とあるが、これも本当だろうか。今は八十二歳ということになるが、北島がそれくらいなのかどうか、香織にはよくわからなかった。ただ、北島和子も当時若かったことは確かだろう。

香織の想像が正しければ、大女将と北島とには、長い信頼関係があったはずだ。でも、ふたりともそのことを、周囲には話していないのはどうしてなのか。疑問に思うが、覗き見した古い人間関係は、香織とは無関係なものだ。こんなふうに見てしまったことも、忘れるべきだろう。

宿帳をそっと閉じようとしたとき、「山本」という名前が目の端にちらついた。よくある名字だ。でも、それは母の旧姓だ。

もう一度ページを開く。「山本信一」とある。祖父の名前だった。驚きながら、食い入るように何度も見る。住所も母の実家に間違いない。祖父母が亡くなって、実家は売り払われ、その住所にかつての家はもうないが、香織は何度も訪れたことがある平屋の家だ。庭に野菜が植わっていたのを、なつかしく思い出しながらも、これはいったいどういうことなのかと、めまぐるしく考えていた。

宿帳には、大人二人とあるから、祖父と祖母だろうか。

二人が宿泊した日、ここで赤ちゃんが生まれた。六十年前の、日付は？　と急いで確かめる。五月五日だ。

二十六年前に訪れた日と同じ。連休に旅行をしたのかと、宿帳で日付を見たときはそれだけしか頭に浮かばなかったが、五月五日は母の誕生日ではないか。子供の日に隠れてしまうくらい、母は自分から誕生日を主張したことはなかった。

でも、間違いない。六十年前の、五月五日。

ここで生まれたのは、母だったのだ。妊娠していた祖母は、祖父とともに旅館白石に宿泊した日、思いがけず産気づいて、母が生まれた。真夜中に祖母を介抱したのは、看護師の女性で、おそらく西島一子と宿帳に記した人だ。

その後、祖父母が旅館白石と交流していたのかどうか香織は知らない。ただ、二十六年前のその日にも、祖父母は、母と香織を連れてここを訪れている。

少なくとも、そのとき大女将と会い、当時の話をしただろう。あのとき生まれた母が、すっかり大人になり、娘を連れてきたことを、大女将はよろこんでくれただろうか。

門前で撮った写真を思い出せば、大女将が歓迎してくれたのは想像できた。みんないい笑顔で写っていたではないか。

あのときはまだ、北島和子はここにいなかったけれど、大女将と手紙をやりとりしていたなら、話を聞いているかもしれない。彼女はどう思っただろう。

自分のことを、彼女に打ち明けてみることも考えた。でも、大女将が彼女のことを、家族にも話していないのがまだ引っかかっていた。

すべては、香織の考え違いかもしれない。西島一子が本当に北島和子だったとしても、たまたま妊婦を助けることになったのだとしても、偽名を使った彼女には、そもそも秘めたいことがあったのではないか。大女将がそれを尊重し続けたなら、当時の話をするのは余計なことだ。

大女将が母に絵葉書を送ってきたのは、北島和子がここに勤めることになり、母のことを思い出したからだろう。当事者だった祖母はもういない、あのときの看護師が彼女だと、そっと母にだけ伝えたかった。そういうことだったのだ。

「お母さん、本当はここへ来たかった?」

つぶやいてみる。

「わたし、お母さんと来たかったんだ」

もし、母にとってここが、来てみたい場所だったなら、代わりに来られたことで、母はよろこんでくれるだろうか。何かを知りたかったというよりも、ただ、母を身近に感じたかった。そんな旅の目的は、果たせたような気がした。

「ああそうだ、お土産、買わなきゃね」

急にそう思ったのは、きっと母が言ったのだ。どうして「おはらい町」を素通りしたの。行きたかったのに、と。

「何がいいかな」

母は必ず、地元の名物をあれこれと買う。それはまだいいが、地名の入ったハンカチもマグカップも、ご当地キャラの置物も、じゃまになるだけなのに買う。でも今は少し、母が買いそうなものを物色したい気持ちになっている。

お父さんのお土産も忘れちゃダメよ。

父に見せたらきっと、おもしろがるだろう。

繁華街へ向かおうと御師の門を出たとき、光喜が自転車に乗って通りかかった。彼は会釈して通り過ぎようとしたが、急にブレーキをかけて自転車を止める。

「おねえさん、いつまでこっちにおんの？」

「明日の朝帰るけど」

「そうやんな。連休もうおわるもんな」

あさってからまた仕事だ。

「どうして？」

「うん、まあたいしたことちゃうし、べつに知りたいことでもないやろけど。じいちゃん、六十年前の写真持っとるんやて。思い出したんや」

うん、と相づちを打った香織は、何の写真なのか、すぐにはピンとこなかった。

「見せたったらよかったな、ってさっき言うとったんさ。まあ、わざわざ見るほどのもんでもないわ」

「六十年前の、どんな写真？」

「だいぶ前に、白石の大女将にもろたんやて。大女将が長年ためてきたお客さんの写真や。いっぱいあったんやけど、家にあった分は白石の旦那が捨てたみたいで、大女将が古いのを何冊か、施設に持ち込んでたんやな。捨てんのはもったいないよって、じいちゃんがあずかったんや。おれ、見たけど、ああいうのって保存したほうがええと思うんさ。戦前の写真もあるんやで。どっかに寄贈とかできへんか、調べてみよと思て。とにかく、そういう写真や」

大女将は、お客さんの写真を撮っていたと、北島和子が言っていた。昔はよろこばれたと言い、香織の実家にも一枚ある。そして大女将は、六十年前のものを含め、古い写真を大事に取っていた。六十年前の宿帳もあったくらいだ、その日の写真もあるはずだ。

「見たい。今から行ってもいい？」

「ええよ。じいちゃんがおるで」

寿司光はまだ準備中で、老人は調理場で下ごしらえをしているところだった。少年に聞いたことを話すと、二階からアルバムを持ってきてくれた。大女将は、きちんと年月順にアルバムに貼っていたらしく、目当ての年月はすぐに見つけることができる。

香織は祖父母の歳《とし》をとった姿しか知らないが、すぐにふたりを見つけることができた。写真の下に名前が書いてあったからだが、香織の記憶にある面影もはっきり残っていた。白石の庭で撮ったのだろう写真は、松の木とともに背後に建物が写っている。祖父母は若々しく、祖母は膝上丈のスカートをはいている。当時の流行が香織には新鮮で、着るものにこだわりなんてなさそうだった祖父母しか記憶にないだけに、不思議な感覚だった。

「おばあちゃん、きれい。おじいちゃんも、案外イケメンかも……」

つぶやきながらページをめくる。

「ひとり旅の人は、写真なんて撮らないかな」

「ひとり旅の？」

香織の独り言に、カウンターを拭いていた老人が応じる。西島一子らしい写真はない。

「この日、ひとり旅の看護師さんが泊まったはずなんです。もしかしたら、今白石で働いてる北島さんって人かもって思って」

「北島さんて、たまに食べに来てくれるけど、あの人が六十年前の看護婦さんってことはあらへんわ。たしか今、七十四か五やで。当時はまだ子供やんか」

当時、十四、五歳だ。西島一子は二十二歳と書いていた。

なんだ、別人だったのか。すべては香織の想像だった。

気を取り直し、ほかの宿泊客に看護師がいるのではと、さらにアルバムをめくろうとした香織は、ぼんやりとした違和感をおぼえた。その正体が何なのかわからないまま、引き寄せられるように、もう一度祖父母の写真に見入る。

写真が撮られた日は、母の誕生日と年月が一致している。なのに、ここに写っている祖母は、とても妊婦の姿ではない。膝上丈のスカートはもちろん、ほっそりしたウェストには、太めのベルトをしている。

「どういうこと……？」

「あれ？　看護婦さんはこの人ちゃうんかな。ほら、こっちの写真には看護婦さんって書いてある」

老人が指さした写真にも、祖母が写っていた。カメラ目線ではなく、誰かと話しているところのようだが、相手は写っていない。カメラに身構えることなく、やさしい表情に惹《ひ》かれて大女将がシャッターを切った、そんなふうに感じる一枚だ。

そこに、「看護婦さん」とたしかに書いてあるのだ。

大女将と交流があった看護師は、祖母だった？

香織は混乱しながら、もう一度写真に目をこらした。

祖母が看護師だったかどうか、香織は知らない。香織が物心つくころには、仕事をやめていたはずだから、それまでに何をしていたのか、聞いたことがなかったのだ。

ああでも、母は香織が看護師になるのを反対していた。忙しくて不規則、そのうえ責任もある仕事には、苦労がつきまとう。香織に務まるわけがないと思っていた。祖母のことを見ていたからこそ、反対したのではないか。

自分や家族より、他人のことを優先してきただろう祖母は、幼い母に寂しい思いをさせたのかもしれない。いや、むしろ母は、祖母が責任感から自分を引き取ったと思っていたのではないか。出産を手助けした子を、見捨てられなかった、と。

答えは自然に導き出されていた。祖母が看護師なら、妊婦は祖母ではない。生まれたのも、祖母の子供ではなく、母と同じ生年月日の赤ん坊だ。

母は、祖母の実の子ではなかったのだ。六十年前のあの日、旅館白石で生まれた子だった。妊婦だった女性は、おそらくひとりで宿泊していた、西島一子。

寿司光の主人に礼を言って店を出たのは、ぼんやりとおぼえているが、そのあと宿に帰るまで、どこをどう歩いたのかよくわからない。それでも、お土産のお菓子や名物を買ってきていたのだから不思議だ。

旅館でひとりでいるうち、いろんなことが、静かに香織の胸に納まっていった。子供のころから、ふとしたときに感じた違和感も、すべてここから始まっていたのだとわかると、納得し、こんがらがっていた気持ちもやさしくほどけていった。

母にとって、香織はただひとり、血のつながる相手だった。母の従姉が香織のことを、たったひとりの身内だと言ったのも、そういうことだ。

弟との関係にも、母は胸を痛めてきただろう。弟が得るべき両親の愛情を、分けてもらっていたと、引け目があったかもしれない。

祖母が、看護師としての責任感から、赤の他人に愛情を注いだ分、弟を苦しめたと思ったからこそ、香織の看護師になりたいという気持ちを否定した。母がそうしたように、香織にも、自分の家族だけを慈しんでほしいと思っていた。

夜が更けても、なかなか布団に入る気にならなかった香織は、手にしていた携帯電話で、父に電話をする。夜更かし型の父はまだ起きていて、電話の向こうから聞こえてくる声に香織は、ここにいた時間がありふれた二日間にすぎないと安堵《あんど》する。なんとなく、過去と現在を行き来して、長い時間が経《た》ったかのような気がしていたのだ。

遅くに何の用かといぶかしむ父に、お土産にご当地キャラの湯飲みと伊勢茶を買ったことを伝え、ついでのように聞いてみた。

母は養子だったと、意外なほどすんなりと父は答えた。もちろん、結婚するときに聞いていたらしい。祖父母の話によると、実の母親は、どこの誰かわからないという。その人は当時、十五歳だと祖母にだけ打ち明けたそうだ。化粧と服装で大人にも見えたが、妊娠がわかり、男に捨てられて、家も追い出されたという女性だった。彼女は出産後、赤ん坊を残していなくなってしまい、みなしごとなった母を、後日祖母が引き取ることになったのだ。

父は、それが旅館白石での出来事だったとは聞いていなかった。看護師だった祖母のいた病院での出来事だと、なんとなく思い込んでいたらしい。

「おばあちゃんは、看護師だったの？　お父さんは知ってたんだ」

「香織は知らなかったのか？　そういや、香織が小学校に上がる前には、やめてたんだったかな」

「叔父さんがお母さんに素っ気なかったのは、お母さんが養子で、本当の姉じゃなかったから？」

「子供のころは仲良かったんだそうだよ。まあでも、本物のきょうだいだって、親の扱いが平等だと思えないことはあるんだから、そういう些細《ささい》なことに、叔父さんは不満を募らせたのかもしれないな。悦子が養子だと知ったくらいから、うまくいかなくなったようだ」

母にとって、悲しい現実だっただろう。

「お母さんは、本当のお母さんに会いたかったのかな」

「さあ、会いたかったかもしれないが、山本の家を本当に実家だと思ってたことにうそはないよ。ただ、悦子が不安だったのは、自分がどういう人間かわからなくて、香織のことも、どういう育て方をすればいいかわからなかったことだ。両親や親戚が、何をしてた人か知らないからな」

香織の父方は、先祖代々農家だ。父は会社員だから、親の経験は役に立たなかっただろう。それと母の不安がどう違うのか、よくわからない。

「山本家は、お義父《とう》さんは高校で数学の先生をしてて、看護師だったお義母《かあ》さんの父親は医者だった。でも、悦子は自分にそういう能力はないと感じてて、でも他に何ができるのかわからないままだったんだ」

「親とは違う職業を選ぶことはいくらでもあるじゃない」

「親に似てるところも、似てないところも自覚してるから、自分の能力を客観的に見れることもあるのかもな。おれなんか、親の辛抱強さだけは受け継いだから、会社員でも役に立ったと思ってる。でも悦子は、誰を基準にもできなくて、自分に確信が持てなかったんだ」

無自覚にも香織だって、両親から受け継いだいいところは認め、いやなところは反発して、理想の自分を持つことができているのかもしれない。

自分を見るための鏡がない母は、唯一血のつながった香織に、見知らぬ親から受け継いだものの片鱗《へんりん》をさがしただろうか。

「おまえにも、半分根っこがないなんて感じさせたくなくて、どんな根っこを与えてやれるか、いろいろ習わせたり、勉強させようとしてた。節操のない教育ママみたいになってたところもあるけどな」

「じゃあ、わたしが看護師になって、がっかりしたのかな」

祖母の血を引いていないのに、もしも香織が挫折したら自分のせいだと、母は不安だったのだろう。

「案外よくやってるらしいから、安心してたよ。もしかしたら香織は、おばあちゃんの血を引いてるのかも、なんて笑って」

たぶん、祖母のやさしさと責任感を、母は受け継いでいたはずだ。香織にそれが身についているかどうかはわからないけれど、看護師を選んだのは、目には見えない、血でもないつながりが、ちゃんと祖母から母へ、そして自分へと、受け継がれていたからだ。

母は、香織が山本の家につながっていくのが不思議で、それが自分を介したものだと認めていいのかどうか、戸惑っただけだったのだろう。

電話を切ったとき、頬が濡れていた。窓ガラスに映る自分が、顔をくしゃくしゃにして泣いていた。

悲しいとかつらいとか、そんな感覚もないまま、静かに凪《な》いだ胸の内から涙がこぼれるのは、母が泣いているのだ。香織は今、かつてここにいた母と重なっている。香織を連れ、祖父母とこの宿に泊まった母は、自分のたどった運命を、全身に感じただろう。そうして、生まれ落ちたことが幸運とも不運ともわからないまま、よろこびも悲しみもひとつの産声でしかない赤子のように泣いていた。

ここへ、母を連れてくることができたのだ。香織はそう思いながら、窓ガラスに映る、かすかな母の面影を眺めていた。


祖母と大女将が、いつまで文通していたのかわからないが、少なくとも祖母が亡くなってからは、交流が途切れていたことだろう。それが三年前、突然母の元に絵葉書が送られてきた。

そのころから、大女将が体調に変化を感じていたとしたら、何もかも忘れてしまう前に、伝えたいことがあったのではないか。

おそらく、西島一子のことだろう。北島和子が彼女だという確証は何もない。母の母は、彼女ではないかもしれない。でも大女将は、どこかで西島一子の情報を得て、母に連絡をしたのだと香織は思う。母があの葉書に何かを察して、白石を訪れる気持ちになるなら、話をするつもりだったのだ。

朝、チェックアウトを済ませた香織は、女将に自分の想像を伝えることはしなかった。ただ、大女将と文通をしていた看護師は、香織の祖母だとわかったとだけ話した。その縁を忘れる前に、大女将が母に絵葉書を送ったのだろうと女将は理解したようだ。

旅館の玄関を出て、御師の門へ向かうと、庭を掃いている北島和子の後ろ姿が、植え込みの向こうにちらりと見えた。

香織は門をくぐり、すぐそばに立つユズリハの木を見上げる。二十六年前にここへ来たのは、母の希望だったのだろうか。母もこの木を見たはずだ。若葉にすべてを譲るように、古い葉は散るという。ならば、母を産み落としていなくなった誰かは、けっして母を捨てたのではなく、日の光をたっぷりと浴びる枝に残し、すべてをゆだねて去ったのだ。若葉とつながる枝から自らを放ち、風に吹かれるままにどこかへと。

「譲ろうとしない葉も、譲るものもなく散る葉も、この木にはないんでしょうかと、北島和子はつぶやいていた。

頭上の枝を包み込んで茂る。これだけの葉が密集しているのだから、少しくらい、気まぐれな葉もあるのではないか。それでも一本の木だから、幹が枯れない限りは、生命は受け継がれていく。

どの葉も、どこかでこの太い幹につながっている。

母は、祖父母とたしかに家族だった。香織を連れてここへ来たとき、母はただ、自分を知りたかったのだろうし、香織に伝えるものも得たかった。その手がかりは見つからなかったとしても、きっと、確信しただろう。ユズリハの、太い幹に連なる葉だと、素直に祖父母とのつながりを受け止めただろう。それはゆっくりと、母の根っこになったはずだ。ここにいると、時の流れも運命も、抗《あらが》うものではないと感じるから。

ユズリハが守るように枝を伸ばした場所、門の上に、立派なしめ飾りがある。

蘇民将来子孫家門。

厄除けの護符だけれど、ユズリハが寄り添う立派な薬医門を見ていると、本当に蘇民の子孫が住んでいても不思議ではない気がしてくる。一年中外されることのないしめ飾りも、我らは蘇民の子孫だと誇っているかのようだ。

みすぼらしい身なりの旅人を、歓待した蘇民の子孫だから、この門は、誰でも、身分も過去も問わず受け入れてきたのだろうか。

だから、途方に暮れたひとり旅の少女を受け入れ、祖父母は彼女の子を受け入れた。

母や祖父母、今は亡き人たちから譲られた、不思議とあたたかいものを抱えて、香織は旅館白石をあとにする。
ちらりと振り返ると、北島和子が深々とお辞儀をして、香織を見送っていた。

父さんの春

宇山佳佑

◇
宇山佳佑
（うやま・けいすけ）
◇

PROFILE

1983年生まれ。神奈川県出身。ドラマ「スイッチガール!!」「主に泣いてます」「信長協奏曲」等の脚本を執筆。著書に『ガールズ・ステップ』『桜のような僕の恋人』『今夜、ロマンス劇場で』『君にささやかな奇蹟を』『この恋は世界でいちばん美しい雨』『恋に焦がれたブルー』『ひまわりは恋の形』がある。

これは、僕の父さんの小さな恋の物語だ。

小さすぎて小説にするのも恥ずかしいほど、小さな小さな、マジで小さな恋のお話だ。でも僕はそれを書こうと心に決めた。決意するまでにはかなりの勇気がいった。なんせこれは、父さんと僕の〝恥〟をさらけ出すことにもなるのだから。しかし僕は書く。小説家とは、いかなるときでも物語を紡がねばならない。マグロが海中を泳ぎ続けなければ死んでしまうように。水が腐らぬために川を流れ続けるように。『人生で起こるすべてをネタにする』。それこそが小説家の本分なのだ。たとえそれが、どんなに恥ずかしいことだとしても……。

父さんの十一年ぶりの春のはじまりを知ったのは、僕が二十歳の誕生日を迎えた日のことだ。小さな2DKのアパートの一室で、膝をつき合わせながらハンバーガーを食べていたとき、この物語ははじまった。きっかけは、父さんの放ったこんな一言だった。

「お前、今、ガチ恋しているのか？」

僕は驚きのあまり手に持っていたダブルインパクトバーガーのソースをあぐらをかいたジーンズの上にこぼしてしまった。そのくらい驚いた。父さんが急に恋愛トークをはじめたから。しかも「ガチ恋」という若者言葉を恥ずかしげもなく口にしたからだ。

「な、なんだよ、急に」

「いや、なんとなくだ」

「なら訊《き》くなよ。それに、いい歳《とし》したおっさんがガチ恋とか言うなって。気持ち悪い」

「すまん。でもお前、恋人はいるんだろ？」

「それはまぁ。だから？」

「……………」

「なんの沈黙だよ？　怖いって。なんか言えって」

「お前は……その……どうやって……その……こ……こ……」

「こ？」

「どうやって告白をしたんだ？」

「は？」

「恋人に、なんて告白をしたんだ？」

「な、なんでそんなこと訊くんだよ」

「参考で」

「なんの参考だよ」

「……だから……その……父さん……その……す……す……」

「す？」

「好きな人ができたんだ！」

ボタボタっとソースがズボンの上にまた落ちた。僕は激しく動揺していた。

父さんが恋？　この十一年、恋愛はおろか、ロクな社会生活すら送ることのできなかったプチ社会不適合者の父さんが恋？　一体どんな相手なんだ？　僕は平静を装って、

「へぇ、よかったじゃん。誰なの？　僕の知ってる人？」

「いや、知らん。職場の人だからな。ダイナマイトえびバーガーもらうぞ？」

「ふーん。上手《うま》くいくといいな。なんて名前？」

「橘《たちばな》沙織《さおり》さんだ」

「……今なんて？」

「ダイナマイトえびバーガーもらうぞ？」

「その後だよ。名前。その女の子の」

「橘沙織さん」

「橘……沙織……？」

「ああ。橘沙織さんだ」

橘沙織——。それは、僕の恋人の名前だった。

もう一度言う。これは父さんの小さな恋の物語だ。僕と、僕の恋人と、僕の父さんという、複雑怪奇で意味不明な、三角関係のガチ恋の物語なのだ。

本題に入る前に、まずは僕と僕の父さんが歩んできた足跡について話さなければならないだろう。僕らを乗せた恋のトロッコの始発駅は、父さんの誕生にまで遡る。

父・高橋和志《たかはしかずし》は、岩手県の中西部に位置する心野村《こころのむら》という小さな村で生まれた。僕もかつて住んでいたこの村は、自然豊かな小さな小さな集落だった。

父の実家は平成百名瀑に選ばれた『心厳《しんげん》の滝』から県道をしばらく行ったところにある心野川《こころのがわ》のほとりで、『高橋屋』という温泉宿を営んでいた。従業員数は十名。全六室という小規模な宿で、昭和初期に建造された日本家屋はなかなか粋な佇《たたず》まいをしていた。

風呂は天然温泉だ。泉質は、硫酸塩泉、塩化物泉。効能は、アトピー、切り傷、やけど、慢性皮膚病などなど多岐にわたる。桜や紅葉の見頃になると、全国からお客さんが訪ねて来てくれる。そんな知る人ぞ知る温泉旅館だ。

その二代目である祖父・丈司《じょうじ》はステレオタイプの東北人だ。寡黙で余計なことを話さない。そんな職人気質《かたぎ》の無骨さが、客たちから愛されていたらしい。

その血を継いだ父は、幼い頃から寡黙――いや、それを通り越して、今で言うところのコミュ障だった。

小学生の頃、クラスメイトたちが昼休みにサッカーや野球を楽しんでいても、父だけは一人、図書室で本を読んでいた。好きな作家は芥川龍之介《あくたがわりゅうのすけ》、太宰治《だざいおさむ》、それに萩原朔太郎《はぎわらさくたろう》。からっとした明るい作品よりも、暗くて重たいものが好みなようだ。友達も作らず、先生とも話さず、もちろん女子との交流などは一切ない。「あいつって入学してから一度も口を開いてないよな」と揶揄《やゆ》されるほどだった。

それゆえ、高校卒業後は苦労したらしい。父親――僕のおじいちゃんだ――とソリが合わないことが原因で旅館を継ぐことを拒んだ父・和志は、卒業後は地元の工務店に就職した。しかしその無口さから人付き合いに大苦戦。同僚の職人から「今夜、メシでもどうだ?」と誘われても、「いや、メシは……」と頭を振って背を向ける。休日に草野球に誘われても、「いや、野球は……」と首を振る。首を振りすぎてヘルニアになったとか、なっていないとか、そんな伝説が囁《ささや》かれるほど人付き合いが苦手だった。

やがて父は、「職場の空気を乱す」と従業員に忌み嫌われて、居場所を失い自主退職。それからは郵便局で配達員をしたり、学校の用務員をしたりもしたが、すべて内向的な性格が仇《あだ》となって退職した。父は社会生活を送ることが困難なほど、エリートコミュ障だったのだ。だが、おじいちゃんの死をきっかけにその人生は一変する。『高橋屋』の三代目にならざるを得なくなった。葬儀の席で従業員たちに「和ちゃん！　お願いだから『高橋屋』を継いでくれ！」と泣きながら懇願されても、父さんは「いや、接客業は……」と頑《かたく》なに首を横に振り続けた。すると、おばあちゃんがそんな父の態度に激高し、三徳包丁を振り回して「この親不孝モン！　今ここで死ぬか、宿を継ぐか、どっちかにしろ！」と暴れ回った。父の右腕に今も残る刃物傷はこのときのものだ。

そして父さんは温泉宿の若旦那となった。二十五歳の春のことだ。

しかし、おばあちゃんも従業員たちも、父の底知れぬコミュ障パワーをナメていた。働き出した父さんだったが、お客さんから予約の電話がかかってきても、「いや、予約はちょっと分かりません……」と受話器を置いてしまう。「寒いので暖房器具をもらえますか？」と訊《たず》ねられても、「いや、家電の知識が……」と逃げてしまう。奇行ともとれるそれらの行動は、客たちに恐怖を与え、客足は次第に遠のいていった。従業員たちも半数ほどが去り、『高橋屋』の経営は火の車となった。

だけど、そんな状況でも諦めなかったのが、僕のおばあちゃんだ。勇ましい性格の祖母は「丈司さんが人生を懸けて守ってきた『高橋屋』をバカ息子の謎の内気さに潰されてたまるか！」と奮闘。どこからか僕の母・雅恵《まさえ》を連れてきた。

父と母はほどなく結婚。父・和志、二十六歳の秋のことだ。

母さんは竹を割ったような性格だ。笑顔がひまわりのように鮮やかで、明るくて気立ても良《い》い。とにもかくにも働き者だ。父よりふたつ年下というフレッシュな若々しさと底なしの愛嬌《あいきょう》で、近所の老人の何人かが心臓発作を起こしたとか、起こしていないとか、そんな伝説を僕は少年時代に聞いたことがある。

そんなこんなで、働き者の母のおかげで『高橋屋』は復活した。母は陰気な父のことを懸命に、精一杯、支え続けた。やがて旅館は、屋台骨である大女将《おおおかみ》の祖母と、寡黙な旦那、それを支える明るくて愛嬌のある若女将という絵に描いたようなイケてる旅館へと変貌を遂げた。ちなみに、どうして母さんは、内向的で無口で無愛想で明るさの欠片《かけら》もない父さんと結婚したのだろう？　今もって謎のままだ。しかし、父と母が結婚してくれたおかげで、僕はこの世に爆誕した。

名前は『丈輔《じょうすけ》』という。名付け親はおばあちゃんだ。おじいちゃんの『丈』という字を付けることに異常なこだわりを見せたことによって、若干ジョジョっぽい名前になったことだけは悔やまれるが、それでも母と祖母の深い愛と、父の陰湿さに包まれて、僕はすくすくと成長していった。

長男も産まれて『高橋屋』はこれで安泰。誰もがそう思いはじめた矢先、再び不幸が襲いかかる。ほっとひと安心した祖母が、心臓発作でぽっくり逝ったのだ。

一難去ってまた一難。従業員たちは「いよいよ『高橋屋』は終わりだ」と頭を抱えた。そんな窮地に立ち向かったのが、僕の母さんだ。

母は懸命に働いて『高橋屋』を一人で守った。その頃になると旅館は母なしでは回らなくなっていた。従業員たちは皆、女将である母のことを心から慕っていた。父の存在は、前にも増して、空気よりも透明になっていった。

そんなとき、事件が起こった……。

三方を標高千メートル級の奥羽《おうう》山脈に囲まれた心野村は、冬になると雪の扉で固く閉ざされる。岩手県と秋田県を繋《つな》ぐローカル線はかろうじて走ってはいるが、吹雪がひどい日などは運休になってしまう。辺りは曲がりくねった山道だ。険しい雪道では車の通行は容易ではない。だから宿によっては冬場の客数は激減する。『高橋屋』もそんな過酷な東北の冬に翻弄される旅館のひとつだった。しかしそれでも生活は続く。そのため母は、この年の冬から近くの牧場で牛の世話を手伝うことにした。

牧場主の田所《たどころ》さんは良い人だ。もじゃもじゃの鬚《ひげ》と大きな身体《からだ》はクマさんみたいで、笑うと目の端に渓谷のような深い皺《しわ》が寄る。朗らかで快活な四十歳の大男。方言がきつくて半分くらいなにを言っているか分からないが、父と違って明るくて男らしい人だ。

僕は田所さんに懐いていた。会えばたくさんお菓子をくれるし、一緒に雪合戦もしてくれる。だけど田所さんの奥さんは苦手だった。暗くて、痩せ細っていて、いつでも背中を丸めている。梅雨時に家の隅っこに生えたカビのような人だったからだ。

母さんは朝から夕方まで田所さんの牧場で働いた。牛の世話から出産の手伝いまで率先して取り組んだ。牛の世話が終わると、家に戻って僕らの世話をする。おまけに『高橋屋』の従業員のために、方々に頭を下げて冬場の出稼ぎの斡旋《あっせん》までしていた。そして夜になるとまた別の仕事へと向かう。そんな多忙な日々だった。

一方の父は働きもせず、日がな一日小説を読んでいる。母は不愉快だったはずだ。どうして自分だけが身を粉にして働かなければならないんだって思っていたに違いない。

そしてついに、母の中でなにかが壊れた。

大晦日《おおみそか》の朝。冬休みを満喫していた僕は、明日もらえるお年玉のことを考えて胸を躍らせていた。なにを買おうか。ポケモンがいいかな。バイオハザードにしようかな。頭の中でそろばんをパチパチはじきながら、寝床を出て、一階の居間へと向かった。

だが、廊下に出た途端、妙な違和感に背筋が凍った。家の中が驚くほど静かだ。父さんはまだ眠っている。いびきが聞こえる。母さんは起きているはずだ。でもなんの音もしないぞ。僕は寒さと不安で身を震わせながら、恐る恐る居間へと続く襖《ふすま》を開いた。部屋の中は薄暗かった。閉ざされた障子の隙間から漏れ入る淡い陽光がテーブルの上の四角形のなにかを照らしている。なんだろう？　目を凝らしてみると、それは小さなメモ書きだった。そこにはこう記されていた。

『ごめんなさい、許してください。雅恵』

殴り書きのようなその文字は、母のくせ字だとすぐに分かった。

母さんが出て行ってしまった……。直感的にそう思った。

僕は夫婦の寝室へ駆け込んで「大変だよ！」と父さんの身体を激しく揺らした。

「起きて！　起きてよ！　母さんがいなくなっちゃったんだ！」

その言葉に、父は飛び跳ねるようにして起きた。暗がりでもその顔色が空より青いことが容易に分かった。そして父さんはぽつりと「雅恵……」と呟《つぶや》いた。僕が知る限り、父さんが母さんの名前を呼んだのは、それが最初で最後だった。

「捜そうよ！　ねぇ！」

しかし父さんは動かない。僕は待っていられず、寝間着のまま家を飛び出した。

まだ駅にいるかもしれない。そう思いながら、転がるようにして、とんがり屋根の駅舎を目指した。走るたびに運動靴に水が染み込む。足が痛くてたまらない。それでも懸命に走った。駅に着くと同時に秋田へ向かう下り列車は走り去ってしまった。母さんがあれに乗っている。そんな気がした。僕は何度も「母さん！」と叫んでホームの先端まで走った。しかし追いつけなかった。銀世界の向こうへ消えてゆく二両編成の短い列車を見送りながら、僕は鼻水と涙を流してわんわんといつまでも泣き続けた。

それから駅の土産物売り場でもしばらく泣いた。一時間ほどが経《た》った頃、父さんが車で迎えに来てくれた。厚手のジャンパーを着込んだ父は暖かそうで、その姿にちょっとだけムカついた。着替える暇があるなら急いで来てくれよ……と思ったのだ。父はそんな僕の気持ちなど知らずに、「風呂、入っていくぞ」とぶっきら棒な口調で言った。

ここ『ほっこりこころの駅』は温泉が併設されている珍しい駅だ。湯船の上には路線用の信号機がついていて、青、黄、赤色で列車が近づいていることを教えてくれる。

僕と父さんは源泉掛け流しの天然温泉に浸《つ》かった。その間、父さんも僕も無言だった。信号機の色が青から黄色、列車到着の十五分前を告げる赤色に変わると、他の入浴客たちが一斉に風呂から出て行った。二人だけになった大浴場はやけに静かだ。やがて上り列車が到着する音だけが虚《むな》しく響き渡った。

それからほどなくして、『高橋屋』は潰れた……。

母がいなくなって従業員たちも全員辞めてしまった。接客が不得意な父と幼い僕では、もう宿は続けられない。そして僕らは、逃げるように心野村を後にした。

「これから僕たち、どうなるの？」

吹雪によって緊急停車したローカル線のボックスシートで僕は俯《うつむ》きながら呟いた。突然の転校。突然の引っ越し。なにもかもが怖くて怖くてたまらなかった。不安と寒さで声が震えていた。一方の父さんは、傍らに置いたボストンバッグの持ち手を指先でいじりながら、白く染まった窓の外をただじっと見つめていた。父は相変わらず無口だった。

こんなときなのに黙っているだなんて……。僕は父の態度にまた少しイラっとした。

慰めてほしいのに。安心させてほしいのに。

『雪のためしばらくの間、停車します』と鼻に掛かった声のアナウンスが流れると、そのあとに続いて、父が「盛岡へ行こう」とぼそりと言った。

「盛岡は都会だ。仕事なんていくらでもある。だからお前はなにも心配するな」

クセの強い東北弁でそう言うと、父さんは僕の頭をごしごしと撫《な》でた。しかしそんな無愛想な物言いと、不器用な手つきなんかじゃ僕の不安は解消されない。もっと優しく撫でてほしいのに。気の利いたことを言ってほしいのに。僕はさらに腹を立てた。

「盛岡でどんな仕事するの？」ときつい語調で父に訊ねた。

「分からん」

「なんでもいいから言ってよ！　弁護士とか、学校の先生とか、なんでも！」

「父さんは人付き合いが苦手だ。一人でこつこつする仕事が性に合ってる」

「一人でこつこつ……。じゃあ小説家は？」

「小説家？　本気で言ってるのか？」

「うん。だって父さん、いつも本を読んでるだろ？」

「読んでるだけじゃ小説は書けんさ」

「でも僕は読んでみたいな。父さんの書いた小説」

「そうか。じゃあ、いつか書いてみるか」

そう言って父さんは薄く微笑《ほほえ》んだ。久しぶりに見た笑顔だった。

ギィィと車輪が軋《きし》む音を立てて列車は再び動き出す。その揺れの中で祈った。

僕たちは幸せになるために旅立つんだ。この列車は僕と父さんを幸せへと導いてくれる幸福行きのトロッコなんだ……と、強く強く、そう祈らずにはいられなかった。

新生活への不安と期待をガラガラの車両に乗せて、列車は果てしなく真っ白な銀世界を進んでゆく。母さんが去った方向とは真逆へと、ゆっくりと、静かに、僕ら親子二人だけを乗せて……。


結論から言えば、盛岡に幸せなどなかった。

父さんはその性格ゆえに仕事を見つけることがなかなかできなかった。職安に行っても接客業は真っ先に除外する。それどころか、人とかかわる仕事はすべて嫌がった。職員さんが「この仕事はどうですか？」と薦めてくれても、「人と交わる仕事は……」と首を横に振るばかりだ。大工にはじまり、清掃、配送、自動車整備に新聞配達。なにをしても一年ほどしか続かなかった。退職の理由は、すべて人間関係によるものだ。

やがて僕は思春期になり、社会不適合者まっしぐらな父を憎らしく思いはじめた。

「また辞めた⁉　なに考えてんだよ！」

「お前は黙ってろ」

「黙ってらんねぇよ！　金がなきゃ大学に行けないだろ！」

「そんなに進学したいなら自分で貯《た》めろ」

「ふざけんな！　それでも親かよ！」

高校時代は、そんな衝突が毎晩のように繰り返された。

父さんは本格派の社会不適合者だ。明るさの欠片もない最低な人間だ。もっと溌剌《はつらつ》とした父親が良かった。冗談を言ってくれたり、時にはバカなことをして笑わせてくれる、そんな父さんがほしかった。どうしてこんな根暗でダメな奴《やつ》なんだよ……。

僕は父さんのことがどんどん嫌いになっていった。

しかし血とは争えないものだ。おかげさまで僕は父のようなグルーミーな性格にはならずに済んだが、本の虫にはなっていた。高校を卒業するまでに少なくとも千冊くらいは読んでいたはずだ。小説、歌集、詩集に歴史書。ジャンルは問わない。そして、そんな読書の日々を通じて、大きな夢を手にしていた。小説家になる夢だ。

でもこれは父さんの血を継いだからじゃない。僕と父さんは似てなんかいない。あの人とは根本的に違うんだ。だって僕はコミュ障じゃない。世渡りだって上手だ。そここ社交的だし、バイト先でも働き者だって褒められている。全部母さんの遺伝子だ。

僕はそうやって、父との共通点を必死に否定し続けた。

高校を卒業すると盛岡市内の私立大学に進んだ。文学部文芸学科。入学金と授業料はアルバイトと奨学金で賄った。

大学四年間でコンクールを突破して小説家としての切符を摑《つか》むんだ！　その思いを胸にデータ入力のアルバイトなどを掛け持ちしながら、深夜のファミレスでパソコンに向かって小説を書き続けた。その頃になると父さんとの会話はほとんどなくなっていた。

そんな大学一年生の晩夏のことだ――。

「転職することにした」

深夜二時に執筆を終えて帰宅すると、父は珍しく起きていた。薄暗い部屋でぽつんと座りながら言った父のその言葉に、僕は怒りを通り越して呆《あき》れてしまった。

「また辞めるのかよ。何度目だよ。マジで信じらんねぇ」と吐き捨てる僕に、父さんは「でもな」と言葉を挟んだ。

「新しい就職先はもう決めてきたんだ」

僕は汗臭いポロシャツを脱ぐ手を止めた。

へぇ、次の仕事を決めてから辞めるなんて珍しいな。

「そうなんだ。なんの仕事？」と興味本位で訊ねてみた。すると、

「クルーだ」

「クルー？　え？　船乗りってこと？　おいおい、ちょっと待ってよ。船ってことは、海の上では密室じゃん。移動の合間とか乗組員同士で会話もするんだろ？　それに、力

を合わせないと網って引けないじゃん。なんの漁かは知らないけど。父さんには絶対向いてないって。給料がいいのかもしれないけど、バカなことを考えるのは――」

「船乗りじゃない」

「え？　でも今、クルーって……」

「ハンバーガーショップのクルーだ」

「もっとダメだろ！」

僕は脱いだポロシャツを床に叩《たた》きつけた。

「なんでハンバーガーショップなんだよ！　そんなに給料がいいのかよ⁉」

「時給、八百円だ」

「安いよ！　高校生かよ！」

僕は短パンも脱いで床に叩きつけた。

「そもそも時給ってなに⁉　正社員じゃないの⁉」

「アルバイトだ」

「はぁ⁉　今の仕事は正社員だろ⁉　なんでわざわざバイトになるんだよ！」

僕は怒りにまかせパンツを脱いで握りしめた。

「つか、ハンバーガーショップって、接客業の中でもかなりレベルが高い方なんだぞ⁉　キッチンだけじゃなくて、忙しいときはお客さん対応もするんだぞ⁉　父さんにできるわけねぇだろ⁉　もしも『スマイルください』なんて言われてみろ！　父さんのメンタルぶっ壊れちまうぞ！」

「頑張るさ」

「頑張れねぇよ！　考え直せって！」

僕はパンツを床に――、

「丈輔」

「なんだよ？」と手を止めた。

父さんは膝を抱えると、両目を膝頭に押し当てた。

「俺にはもう……これしかないんだ……」

なんて弱々しい声なんだろうか。僕はハッとしてパンツを穿《は》いた。

父さんは今の仕事をクビになったんだ。でも生きてゆくために、なんとか職を探さないとって必死だったんだ。それで藁《わら》をも掴む思いでハンバーガーショップのクルーになったんだ。世の中は不況なんだ。クルーしかなかったんだ。

いや、まさかな。父さんに限ってそんなことあるはずないよな。どうせまた人間関係が煩わしくなって辞めたに違いない。そうだよ、この人はそういう人だ……。

父さんは立ち上がり、困惑する僕の肩をぽんと叩いた。

「心配するな。今度は上手くやるさ」

心配するな……か。あのときと同じだな。盛岡に出てきた日の列車の中と同じ台詞《せりふ》だ。

でも父さんの笑顔は、あのときよりもなんだか少し明るく見えた。

もしかしたら父さんは変わろうとしているのかもしれない。僕はそう思った。

そして、その予感は的中した。

それからというもの父さんは変わった。前はあんなに嫌々仕事へ行っていたのに、クルーになってからは「行ってきます」と背筋を伸ばして家を出て行く。しかもチャリを立《た》ち漕《こ》ぎでだ。その背中は潑剌としていた。普段、決してすることのなかった洗い物や掃除までしてくれるようになった――しかも鼻歌交じりでだ――。夜遅くまで働いて、疲れ果てて帰ってくる日も少なくなかった。その上、小綺麗《こぎれい》な服を着るようにもなった。どこかのバーゲンセールでラルフローレンのポロシャツを買ってきたときは、驚いてひっくり返りそうになった。今まで身なりなんて気にしたこともなかったのに。

僕は父さんを見くびっていたのかもしれないな。父さんはコミュ障だから人と交わる仕事なんてできないって勝手にそう思い込んでいた。でも違う。人は変われる。父さんは変われるんだ。僕も頑張ろう。小説を書いて書いて書きまくって絶対に夢を掴むんだ。

父さんの変化は、僕ら親子に希望の光をもたらしてくれた。

そんな良い流れに乗ったおかげか、僕には恋人ができた。大学二年の春のことだ。

恋人の橘沙織ちゃんは商学部の新入生だ。出逢《であ》いのきっかけは、お恥ずかしながら合コンである。彼女いない歴十九年という男として錆《さび》つきかけていた僕を哀れんで、ひとつ上の三年生の先輩がコンパを開いてくれたのであった。

コンパ前夜、僕は緊張で震えていた。女の子と話したことなんてロクにない。思春期は村上春樹《むらかみはるき》の小説にのめり込んでいたせいで、女性は向こうからやってくるもので、放っておいても大学生になれば勝手にモテると思い込んでいた。くそ、こんなことならパスタばっかり茹《ゆ》でていないで、ちゃんと恋活をしておけばよかった。

あまりの恐怖で先輩に電話をすると、主催者の岩城《いわき》先輩は「なんや、ビビっとったんかワレ！」と電話越しに豪快に笑った。そしてコンパの極意を教えてくれた。

「ええか、丈輔。コンパっちゅーのは摑みや！　ＵＦＯキャッチャーやないで？　女の子たちのハートをがっちりキャッチするんや！　出逢った瞬間、どえらいインパクトを与えたモン勝ちや！　ちゅーわけで自分、明日おもろい格好してきいや！　ワイが全部笑いに変えたるさかいに！」

福島県いわき市出身の岩城先輩のエセ関西弁を聞きながら、僕は「インパクトと言われましても……」とスマホ片手に困ってしまった。

でもこれは人生最大のチャンスだ。逃すわけにはいかない。あの父さんだって結婚できたんだ。僕だって恋愛くらいできるに決まっている。自分にそう言い聞かせた。

だけど、どえらいインパクトって一体……。

悩みに悩んだ末、僕はくいだおれ人形の格好でコンパへ向かった。

会場の中華料理屋に着くと、僕の姿を見た女性陣は明らかにドン引きしていた。「全部笑いに変えたるさかいに！」と豪語していた先輩も、クールなＩＴ社長みたいな冷たい視線をこちらへ向けている。場の空気は極寒だ。ふるさとの辛《つら》い冬を思い出した。

帰ろう……。帰って『ノルウェイの森』を再読しよう。そう思いながら踵《きびす》を返した——そのとき、僕の耳に「あはは！」という軽やかな笑い声が届いた。

振り返ると、そこには天使がいた。

雨粒のついた窓を車のヘッドライトが宝石のように輝かせている。その窓を背にして笑う彼女が憎らしいほど眩《まぶ》しく見える。お腹《なか》を抱えてけらけら笑う女の子。ぱっつんの前髪にゆるふわのロングヘア。淡い色のロングカーディガンが可愛《かわい》らしくて、とにもかくにも素敵だった。音楽フェスとか好きなんだろうなぁって感じがダダ漏れで、存在自体が映《ば》えている。目の端に浮かんだ涙を拭うその姿は、まさに天使そのものだ。

「——商学部一年、橘沙織です。ええっと、今は大学で勉強しながら、高校時代からバイトしてるお店で週五でガンガン働いています。留学するためにお金を貯めてるんです。今日はソフトドリンクだけど、はっちゃけちゃうのでお手柔らかにお願いします！」

自己紹介のときから僕は彼女に釘付《くぎづ》けだった。岩城先輩の常識をぶっ壊すほどの激しい下ネタがクラシック音楽のように優しく聞こえる。くるくる回る中華テーブルが僕らを乗せたメリーゴーラウンドのように思える。手を叩いて爆笑する女性たちの歯が新品の便器のように真っ白く感じる。そして目の前にいる、たぬき顔を通り越して、もはや僕を化かすために山からやってきたガチモンのたぬきなのでは？　と思っちゃうくらいキュートな沙織ちゃんの笑顔に、僕は完全にくいだおれてしまいそうだった。

その夜、帰宅するとスマホが鳴った。沙織ちゃんからラインが届いたのだ。

今日はありがとうございました😂　すごくすご～く楽しかったです……とは、ちょっと言いにくい感じの下ネタのオンパレードでしたね😂　だけどだけど、高橋さんの格好には大爆笑でした😂　あ、嫌みじゃないですよ😂　純粋に、真剣に、面白かったです😂　帰りの電車で思い出し笑いしちゃいましたもん😂
そうそう、知ってます？　くいだおれ人形って、『くいだおれ太郎《たろう》』って名前で、お父さんと、弟と、いとこがいるんですよ😂　弟は『くいだおれ次郎《じろう》』で、いとこが『楽太郎《らくたろう》』、それでお父さんの名前は、なんとなんと……おやじ！😂　なんでお父さんだけ名前ないんでしょうね😂　って、意味不明な長文でごめんなさい😂
ではでは、またお会いできるのを楽しみにしています😂
おやすみなさーい😂

彼女は天才恋愛小説家なのかもしれない。

僕の心をこんなにもキュンキュンさせてくれる。

若干、😂の絵文字の多さは気になったものの、それでも性格の良さがスマホの画面から溢《あふ》れ出して部屋中もうびっしょりだ。僕は彼女の愛らしさに溺れてしまった。

そのとき、ふっと自覚した。

僕、沙織ちゃんに恋しちゃったんだ😂……と。


我々が付き合いだしたのは、それから一ヶ月後のことだ。

デートで出かけた小岩井《こいわい》農場で、牛を眺めながら愛の告白をした。

「あのさ、沙織ちゃん……」「モー」「僕たち……」「モー」「僕たち……」

「僕たちもう付き合っちゃおうよ！」

僕の一世一代の告白に、彼女は大いに照れていた。手をもじもじさせながら踵を返すと、トコトコ小走りで去ってゆく。僕は戸惑った。逃げられてしまった？　でも、彼女はくるりと振り返り、手で大きく丸を作って「おっけ！」と笑った。

その姿を見て、僕は思った。

可愛い！　ハイパー可愛い！　なんて可愛い生命体なんでしょうか‼

モーモーうるさい牛の鳴き声が、このときばかりは天使からの賛美歌のように思えた。

僕は、岩手山《いわてさん》よりも大きな幸せを手に入れたのだった。

以来、人生は上り調子だ。コンクールに応募した小説が一次審査を突破して、バイトの時給もアップした。父さんもバリバリ働いている。なにもかもが絶好調だ。

だが、人生そう甘くはなかった……。

付き合って二ヶ月ほどが経つと、僕と彼女は喧嘩《けんか》が絶えない間柄になっていた。いや、喧嘩というのはいささか語弊がある。喧嘩ではない。僕の一方的な〝論破〟だ。

「いやいやいやいや、明日は僕の誕生日だよね？　バイト入れるってどういうこと？　僕と一緒に過ごしたくないの？　はいかいいえで答えてください」

「だけど――」

「はい、か、いいえ、で答えてください」

「過ごしたいよ！」

「じゃあ結論は出ていますよね？　バイト休んでください」

「だけど……どうしても入ってほしいって店長に頼まれちゃって……」

「いやいやいやいやいやいやいやいや！　記念日は一緒に過ごそうって、付き合ったときからの約束じゃん！　たった二ヶ月で破るなんて人としてどうかしてるって！」

「でも最近バイト休み過ぎちゃってて。だから断りづらくって」

「は？　なにそれ？　僕のせいって言いたいの？」

「違うよ！　もうちょっと自分の時間がほしいってこと。丈ちゃんって、すぐお祝いしたがるでしょ？　一週間記念日とか、二週間記念日とか、三週間も、一ヶ月記念日も。毎週が記念日だから自分の時間が全然なくて……」

「そんなの当たり前っしょ！　むしろ毎日が記念日っしょ！　僕はさおりんと幸せを分かち合いたいんだよ！　だからもっとバイトを減らしてよ！」

「無理だよ」

「なんで⁉」

「だって、留学したいし」

「それさぁ、頼むから考え直してよ。留学したら会えなくなるじゃん」

「それだけはホント無理！　子供の頃からの夢だもん！　それにバイトも休めないよ。今、お店はピンチなの。大学四年生の先輩が就活で二人も同時に辞めちゃって人手不足なの。だからわたしがいないとマッコマッコバーガー盛岡大通店は潰れちゃうよ」

「潰れないって。バイト一人がいないくらいで潰れるわけ……え？　待って。さおりんのバイト先って、ハンバーガーショップだったの？」

「そうだけど。どうかした？」

「僕の父さんも——あ、いや、なんでもない。とにかく、彼氏の誕生日をスルーするとか彼女としてありえないから。しかも二十歳のアニバーサリーだよ？　それを無視するなんて恋人失格だからね。バイト休めなかったらマジで怒るからね」

「……分かった。店長に相談してみる」

でも彼女はバイトを休んでくれなかった。ラインで一言『ごめん。やっぱりバイトに行く』とだけ返ってきた。マジでムカついた。さっきからラインを連打してるのに既読スルーという鬼の所業にも腹が立って仕方ない。電話を三十回もかけてるのにどうして出ないんだ。ていうか、誕生日の夜に父さんが従業員割引で買ってきたハンバーガーを膝をつき合わせながら食べるなんて最悪だよ。しかも憎きマッコだし……。

そんな絶望感が漂う食卓で、あの言葉は飛び出した。

父さんのガチ恋宣言だ。

「――橘……沙織……？」

「ああ。橘沙織さんだ」

「ちょ、ちょっと待って。ちなみに、父さんの勤め先って……？」

「マッコマッコバーガー盛岡大通店だ」

「父さんもその店なの⁉」

「父さんも？」

「い、いや、なんでもない」と僕は口を押さえた。

え？　待って。待って待って。マジで待って。父さんは、さおりんが僕の恋人だって分かってて言ってるの？　それとも分かってない？　どっち？

「父さんな、橘沙織さんのことを思うと胸が、ぎゅーっと痛くなるんだ」

こりゃあ分かってねぇパターンだ！　父さんは僕の恋人とは知らずに、彼女にガチ恋してるんだ！　どうする？　どうやってこの暴走を止めたらいい⁉

「ま、待って！　落ち着いて！　その子って年はいくつなの？」

「十八歳だ」

「若いよ！　若すぎるって！　父さんもうすぐ五十だろ？　どう考えても釣り合わないって！　ガチ恋なんてやめた方がいいって‼」

「お前は子供だな」

「は？」

「恋する気持ちはやめようと思ってやめられるものじゃないさ。マグロが泳いでいないと死んでしまうように。水が腐らぬために川を流れ続けるようにな。それに、お前は若いのに随分と古くさいことを言うんだな。恋に年齢は関係ない。その価値観、アップデートさせなさい」

なんかムカつく。社会不適合者に価値観をアップデートしろとか言われたくねぇよ。

「で、でもさ、そんだけ可愛いならもう彼氏がいるんじゃゃ――」

「いるはずないだろ」

「なんで即答?」

「あんな天使に男なんているわけがない」

　ここにいるよ。てか、ヤバい。肉親だけど、この人ちょっと怖い。五十前のおっさんが十代の女の子を天使呼ばわりしてるんだもの。

「ほら、見てみろ」

　父さんがスマホをこちらへ向けた。

「これが橘沙織さんだ」

　画面に表示された写真を見て、全身が粟立《あわだ》った。

　これって、どう見ても隠し撮りじゃん……。

　震える僕を無視して、父さんは膝を抱えた。そして両目を膝頭に押し当てた。

「これが父さんの最後の恋だ。俺にはもう……これしかないんだ……」

　ん？　その台詞って……。あれ？　さおりんって高校時代からマッコでバイトしてるって言ってたよなぁ。じゃあ、もしかして——。

「あのさ、父さん。もしかしてさ、違ったら違うって言ってね？　もしかして、その子のことを好きになったから、正社員の仕事を辞めてアルバイトになったんじゃ……」

「一目惚《ひとめぼ》れだ」

「なんだよそれ！」

僕は手に持っていたダブルインパクトバーガーを握りつぶした。

「クルーになった頃って、その子まだ女子高生だろ⁉　どこの世界にＪＫにガチ恋して仕事辞めてハンバーガーショップのクルーになるおっさんがいるんだよ！」

「ここにいるよ」

父は渋い二枚目俳優のような顔で言った。

めまいがした。思い返せば、あのとき父さんが言っていた「今度は上手くやるさ」という言葉は別の意味だったんじゃないのか？　母さんのときのような失敗はしないさって意味？　そう思うと、途端に目の前の父親が化け物じみてくる。怖い。怖すぎる。

「丈輔、お前の言うとおりだ。父さんは大バカ者だ。でもな――」

父はにこりと笑った。

「人って、恋するとバカになっちゃうんだよ」

「怖《こえ》えよ！　なんのスマイルだよ！　ていうか、その子はなぁ！　その子は俺の――」

次の言葉を飲み込んだ。そして無言のまま自室に入って扉を閉めた。

今はまだ本当のことは黙っておこう。ようやく妻に逃げられた心の傷が癒えたのに、セカンドチャンスで恋した相手が息子の恋人だったなんて……。そんな事実を知ったら、父さんのメンタルは崩壊してしまう。またあの頃のように仕事の続かないダメなおじさんになってしまう。そう思うと、どうしても本当のことは言い出せなかった。

とはいえ、その後も父のことが気になって仕方なかった。もしもさおりんにストーカー行為をしていたら。そう思うと怖くて怖くてたまらない。ただでさえ彼女と喧嘩して三日も音信不通なのに、その上、父さんが変なことをしていたら大変だ。彼氏は恋愛論破王で父はストーカー。どんだけパンチの効いた親子なんだよ。

大学の講義が終わると、僕は居ても立ってもいられなくなり、父の勤め先であるマッコへ向かった。北上川に架かる開運橋《かいうんばし》を越えて、盛岡のメインストリートである大通商店街をしばらく行くと、油っぽいポテトの匂いが鼻先をくすぐった。マッコのポテトの独特な匂いだ。大きな『マ』という看板が掲げられた店舗がようやく見えてきた。

僕は斜めに被《かぶ》っていたニューヨーク・ヤンキースのベースボールキャップを目深に被り直し、マスクを鼻までしっかり上げて、意を決して店内へと足を踏み入れた。

中は客席がずらりと並んでいる。席数はかなり多い。レジカウンターはその奥だ。あそこに父さんとさおりんがいるはずだ。でもバレてはいけない。ちょっとだけ様子を見たらすぐに逃げよう。そう思いながらレジの方へと恐る恐る足を――、

「ごおおおちゅうもんをどぉぞぉおおおおお～～～！」

その声に驚いて足を止めた。聞き覚えのあるおっさんのしゃがれ声だ。

い、いや、でも、まさかな。僕は口の端を引きつらせた。

こんなハイテンションなわけないよな……。

「ありがとうございまぁぁす！　チョリソ・バーガーのLセットいただきましたぁ！　ドリンクはコカ・コーラ～！　最高～！　マジで最高の組み合わせでぇぇぇ～す！」

そこには、別人のような父さんがいた。

「今日もテンション高いっすね！」と大学生らしき男性客が父にフランクに話しかけている。常連客だろうか。父さんは普段の無口な感じは一切なく「はい！」と歯を見せて笑った。そしてタダで提供するにはもったいないくらいのスマイルを浮かべて「自分、恋してますから！」とガッツポーズをしてみせた。それからチラッと横に目を向ける。そこにはさおりんがいる。彼女は「変なこと言わないでくださいよぉ～」とお腹を抱えて大笑いで父の肩をバシバシ叩いた。突然のスキンシップにびっくりした父さんは、顔をチョリソみたいに真っ赤にしていた。

は、恥ずかしい……。こっぱずかしくて、このまま消えたい。

肉親の究極に恥ずかしい瞬間を見てしまった衝撃に、僕の脳はバグりそうになった。若い子にデレデレしながら「あざぁーす！　肩のバシバシいただきましたぁ～～」とウェイウェイしている僕の父さん。というか、あんたって根暗じゃなかったっけ？　そのキャラはなに？　羞恥心と混乱で全身汗びっしょりだ。

オレンジ色の襟付きシャツに真っ青の帽子という目が痛いくらいの原色の制服姿も

痛々しいが、それ以上にダブルピースをしておちゃらけている父さんが痛すぎる。

さおりんはまだ隣のハイテンションのおじさんが彼氏の父親だとは気づいていないみたいだ。まぁ、高橋なんてよくある名字だもんな。僕は顔も性格も母親似だし。

「今日このあと、帰りにみんなでカラオケ行きません？」

金髪頭のバイトらしき若者が父の肩に気安く腕を回した。

「わたしも行きたい！　この間みたいにはっちゃけましょうよ！」

さおりんもノリノリだ。

「わたし、またカズやんのＢＴＳが聴きたいなぁ！」

「キレッキレだったもんな！　カズやんのダンス！」

「おいおい〜お前たち〜！　おじさんをからかうなっ！」と、父さんは若者二人を交互に指さし、片頰を膨らませておどけていた。

は、恥ずかしい……。こっぱずかしくて、このまま記憶を消したい。

てか、さおりんって父さんのことを『カズやん』って呼んでるの？　和志だから？しかも父さんはカラオケでＢＴＳを唄《うた》うの？　もうすぐ五十歳だというのに？

「騒がしいぞ、君たち」と店の奥から三十代とおぼしき彫りの深い顔をしたイケメンの男性がやってきた。責任者のようだ。身のこなしが外国人みたいでやたらと格好いい。

「お客様がいらっしゃるんだぞ。大声で談笑していたらダメじゃないか」

そうだよ。どんだけ和気藹々《わきあいあい》としたクルーなんだよ。僕は心の中で頷《うなず》いた。

「いいじゃねぇか、店長」と、近くのカウンター席でハンバーガーを食べていた老人が父さんたちの会話に口を挟んだ。

「カズやんのおかげで、この店は仙台店を抜いて東北一になれたんだろ？」

「そうだよ。カズやんに感謝しろ。カラオケ代ぐらい出してやれよ」と他の客が続く。

店長はやれやれと笑うと「オーケイ。じゃあ半分な」と欧米人みたいにお手上げポーズで頭を振った。バイトたちは「やったぁ！」と大喜び。父さんも「ひゅー！　最高ぉ！」と両手を挙げてウェイウェイしている。僕が心から軽蔑している大学生のノリだ。

その姿が痛々しくて、辛すぎて、気づけば僕は逃げるように店から飛び出していた。

ちゃぽん……と、投げた小石がマッコの制服のようにオレンジ色に染まった北上川の水面を揺らすと、僕は開運橋の欄干に両腕を預けて頭を抱えた。

高校生の頃に思ったことがあった。もっと潑剌とした父親が良かったって。冗談を言ってくれたり、時にはバカなことをして笑わせてくれる、そんな父さんがほしかったって。でもあのノリは違う。断じて違う。大学生と一緒にカラオケへ行ってBTSを唄うノリノリの父親だけは絶対にイヤだ。息子としてもうこれ以上、見過ごすわけにはいかない。今夜、父さんに伝えよう。さおりんは僕の恋人だって。そして、あのノリだけは絶対に、死んでも絶対、やめてくれって。

「――ただいま」

夜十一時を過ぎた頃、父さんが帰ってきた。くたくたの様子だ。以前から疲れて帰ってくることが度々あったが、あれってまさかクルーとカラオケに行っていたからなの？　父さんはガラガラ声で「今日も疲れたな」と呟いた。店でのテンションが嘘《うそ》のように、いつも通りの根暗な父だ。この人って多重人格？　そう疑ってしまうほど、昼間の父さんとのギャップが凄《すご》すぎて悪酔いしそうだった。

「あのさ、父さん。実は話があってさ――」

「ああ、そうだ」と父さんが僕の言葉を遮った。「お前に渡すものがあるんだ」

そう言うと、父はおもむろに抽斗《ひきだし》の中から紙の束を出した。

「なんだよ、これ？」

「覚えているか？　盛岡に出てくる列車の中で言っていただろ？　いつか父さんの書いた小説が読んでみたいって。恥ずかしいけど書いてみた。読んで感想を聞かせてくれ。じゃあ、先に風呂に入ってくる」

父さんは恥ずかしそうに風呂場へ消えた。押しつけるようにして渡された百枚ほどの原稿用紙がずっしりと重い。その紙の一番上には、小説のタイトルが記されてあった。

『恋風　――この風、あなたに届いてますか？』

なんちゅーセンスのないタイトルなんだろうか。表紙から漂う駄作臭にページをめくることを手が拒絶している。読んでしまったらもう普通の親子関係には戻れないような気がした。しかし人間とは愚かな生き物だ。芸能人は傷つくと知りながらエゴサーチをしてしまう。若い男はショックを受けると分かっていながら、好きな子のインスタを開いて彼氏とのラブラブ投稿を見てしまう。そんな〝怖いもの見たさ精神〟が今まさに僕の心を支配していた。そして気づけば、ページをめくっていた。


ねぇ、恋って風みたいだって思わない？

色も形もないけれど、それでも確かにそこにあるって分かる。恋もそうだね。色や形はないけれど、君を好きって気持ちは確かにここに、しっかりあるんだ。

君が好き――。

僕はどうにかしてこの恋を風に変えて届けたいよ。

沙織さん……。この風、あなたに届けていいですか？


限界だ。原稿をそっ閉じすると、僕は気分が悪くなってしばらく横になった。

実の父が書いたゴリゴリの恋愛小説。その書き出しは息子の僕にはインパクトが強すぎる。コンクールの一次審査を見事に突破した身から言わせてもらえば、独りよがりの駄文も甚だしい。これは小説とは到底呼べない代物だ。あのとき「父さんが書いた小説が読みたい」なんて言わなければよかった。

「なんだ、まだ読んでなかったのか？」

風呂上がりの父さんが、バスタオルで頭をゴシゴシさせながら戻ってきた。

「う、うん。今日は疲れたから、また今度読むよ。えーっと、あ、僕もお風呂に入ろうかな」

「ああ、そうだ」

「今度はなに？　ラブソングも作ったとか言わないよな？」

「実はな、沙織さんに恋人がいたんだ」

「え……？」

「同じ大学の男らしい」

父は神妙な面持ちを浮かべて下唇を噛《か》んだ。気持ち悪い顔だった。

「そ、そうなんだ。名前は聞いたの？」

「いや、勇気がなくて」

「よかった……」

「よかった？」

「えっと、彼氏がいるならもう諦めるんだろ？　だからよかったなって思ってさ」

「諦めないさ」

「なんでさ⁉」

「沙織さん、彼氏と上手くいってないみたいなんだ。束縛が辛いって泣いていたよ」

束縛？　僕は耳を疑った。僕がしていたことって束縛なのか？　そりゃあ、ちょっとは厳しめに論破もしたけど、それが泣いてしまうほどの束縛だったなんて……。

「あんな天使を泣かすなんて、ひどい男だ」と父は珍しく苛立《いらだ》ちを露《あら》わにした。

その通りだ。僕は下唇を噛んだ。きっと気持ち悪い顔だろう。

「で、でもさ、父さん。諦めないって具体的にはどうするつもり？」

「沙織さんの良き相談役になるよ。彼女を支える。それで彼氏から守ってみせるさ」

「守るって、どうやって？」

「そのクズの彼氏が近づかないように沙織さんの盾になるんだ。いや、盾ではきっと済まないだろうな。矛になる。もしそのクズが俺の目の前に現れたら、父さんは――」

「父さんは……？」

「そいつのこと、どうにかしてしまいそうだ」

どうにかしてしまうってなに？　僕をどうするつもり？　その矛で刺し殺すの？

「とにかく、今週末にゆっくり話を聞いてくる」

「今週末？」と僕は目をパチパチさせた。

「温泉旅行へ行くことになったんだ」

「二人で⁉」

「まさか。クルーのみんなとだ。父さんはどっちでもいいんだけど、若い連中が気を利かせて誘ってくれてな。父さんは本当にどっちでもよかったんだけど」

　嘘つけ。どうせノリノリで参加したんだろうが。

「だから今週末、一泊二日で心野に行ってくる」

　心野？　心野村ってこと？　僕らが逃げるように去った、あのふるさとに？

「ま、待ってよ、父さん。本当に心野に行くつもり？」

「ああ、奇《く》しくも旅先があの村だったんだ。そりゃあ、怖いさ。村の人たちはまだ俺のことを覚えているだろうしな。母さんがいなくなった辛い思い出が残る村だ。でもな、丈輔。父さんは、恋をやり直すならあの場所からがいいんだ」

　なに一人で勝手に盛り上がってるんだよ。気持ち悪いよ、父さん。

「あのさ」

「なんだ？」

「俺、父さんに言わなきゃいけないことがあってさ――」

「丈輔」

　なんなのさっきから。なんでこの人、何度も何度も人の言葉を遮るの？

「なんだよ？」

「もしも年下のお母さんができても、お前は祝福してくれるか？」

吐き気がするその言葉に、僕の自律神経は思いっきり乱れたのであった。


ていうか、納得いかないいんだけど……。

僕はベッドの上でスマホ片手に舌打ちをしていた。

さおりんはどうして彼氏からのラインを無視して、バイト仲間と温泉旅行の計画を立てているんだ？　そもそも父さん以外にも男は来るんだろ？　それなのに僕の許可なく勝手に決めるなんて裏切り行為だよ。いや、でもな……。

――沙織さん、彼氏と上手くいってないみたいなんだ。束縛が辛いって泣いていたよ。

もしかしたら僕は、愛情の意味をはき違えていたのかもしれない。

相手のことをもっと知りたい。僕を知ってもらいたい。そのためには同じ時間をたくさん過ごすべきだって、勝手にそう思い込んでいた。そうやって僕は彼女を鳥かごの中に閉じ込めてしまっていた。アルバイトを頑張りたいという彼女の気持ちを無視して、留学の夢まで壊そうとした。もしも僕が小説家になる夢を恋人に奪われたらどうだ？　きっと許せないと思う。それなのに、さおりんは僕との時間を作るために、精一杯、一生懸命、努力してくれていたんだ。どうしてその優しさに気づけなかったんだ。

いや、違う。気づいていたんだ。でも気づかぬフリをしてしまった。

怖かったんだ。いつも隣にいてくれないと、さおりんもいつかいなくなってしまう気がして。あの日の母さんみたいに、雪の中に消えてしまいそうな気がして……。

スマホをぎゅっと握りしめ、僕は自分の行いを心から恥じた。

謝りたい。今すぐ会って、心から「ごめんなさい」って伝えたい。

そのとき、ポヨヨンとスマホが鳴ってラインが届いた。飛び跳ねるようにして画面を覗《のぞ》き込むと、さおりんからのメッセージがそこにあった。

ずっと連絡してなくてごめんなさい😥
あれから色々考えたの😥
わたし、やっぱりバイトも留学も頑張りたいの😥
だからあなたとは距離をおきたいの😥
ううん、嘘😥　正直に言うね😥
実は今、気になっている人がいるの😥
人生のこととか、これからのこと、色々相談してるバイト先の人なの😥
人生経験豊富な大人の人なの😥
だから、ごめんなさい😥　もう丈ちゃんには連絡できません😥

はい😥？　気になっている人がいる😥？

はぁぁ⁉　なんなんだよ、このライン！　最低だ！　これって浮気じゃん！　ゴリゴリの浮気だよ！　うわうわうわうわ、許せねぇ！　マジで許せねぇよ！

え？　でも待って。色々相談してるバイト先の大人って誰？

ま、まさか、父さん⁉

いやいやいやいやいや！　ありえないって！　だって父さんは人生経験なんて豊富じゃないもん！　いやでも、母さんに逃げられたから経験豊富か？　いやいやいやいや、でも五十手前のおっさんだぞ⁉　そんな相手を好きになるわけ――、

――恋に年齢は関係ない。その価値観、アップデートさせなさい。

父さんの声が耳の奥で響いた。

もしかして、僕の価値観って古いのか……？

あの日、マッコで見た二人のじゃれあう姿って、好き同士がするガチモードのイチャコラだったってこと？「恋してますから！」って言った父さんの宣言は、冗談じゃなくて、ガチの愛の告白だったってこと？　父さんの吹かした熱い熱いガチの〝恋風〟は、さおりんの心にガッチガチに届いちゃったってこと？

僕は膝を抱えると、両目を膝頭に押し当てた。

二人はもう、両想《りようおも》いなんじゃん……。

その夜、僕の涙は線状降水帯のように枕をずぶ濡《ぬ》れにした。

週末がやってきた。

この一週間で僕のメンタルは完全に崩壊していた。ただでさえ豆腐みたいなメンタルなのに、さおりんにフラれたことに加えて、コンクールの二次審査で落選したことも重なって、豆腐のメンタルはゴーヤチャンプルみたいにぐっちゃぐちゃになってしまった。部屋に閉じこもり、大学にも行かず、バイトも無断で何日も休んだ。父さんは僕のことを心配して襖越しに声をかけてくれるが、恋のライバル――しかも圧倒的勝者――に同情されるほど虚しいものはない。僕は口を利かなかった。リビングからマッコのポテトの独特な匂いが漂ってくると、このまま窓ガラスをぶち割ってベランダからダイブしてしまいたくなる。それほどまでに僕の精神状態は梅雨空のように不安定になっていた。

土曜日の朝、父さんが襖越しに「じゃあ、行ってくる」と声をかけてきた。息子がこんな状態なのに呑気《のんき》に温泉旅行とは、なんて非情な父親なんだ……と、思ったりもしたけれど、それすらも逆恨みのようで虚しくなる。

僕はベッドに横たわり、豪雨のような涙を溢れさせながら、さおりんから届いた最後のラインをただただじっと見つめていた。

今夜、二人は温泉で結ばれるんだ。母さんが出て行ったあの村で、父さんは新たな幸せを手に入れるんだ。いいじゃないか。この十一年、父さんは独りぼっちだったんだ。それが今、幸せを摑もうとしているんだ。マッコで働き出してからの父さんは——店でのキャラは別にしても——なかなか格好よかったもんな。活《い》き活《い》きと仕事に出かけて、家事も率先して手伝ってくれた。オシャレにも気を遣って、よく笑うようにもなった。あの父さんが、この恋を通じて生まれ変わることができたんだ。息子としてこれ以上の喜びはない……なんて言えるほど、僕は大人じゃない！　やっぱイヤだ！　絶対イヤだ！　父さんとさおりんが付き合うなんて絶対に死んでもイヤだ！

僕はベッドから起き上がると、デイパックに替えのパンツとTシャツを突っ込んで家を出た。ママチャリを立ち漕ぎして盛岡駅へ向かう。そして、みどりの窓口で新幹線の切符を買って、やまびこ号に文字通り飛び乗った。

心野村へ行こう。あの二人を付き合わせちゃダメだ。父さんに本当のことを話して諦めてもらうんだ。そしてさおりんに謝ろう。もう一度やり直したいって心からの想いを伝えるんだ。まだ間に合う。きっと間に合うはずだから。

盛岡駅を出発した新幹線は二十分ほどで乗り換え駅に到着した。在来線で移動してもよかったのだが、父さんたちマッコのクルーは車で宿へ向かっている。一時間程度で心野に着いてしまうだろう。遅れをとるわけにはいかなかった。

一時間に一本しか走っていないローカル線にタイミング良く乗り込むことができると、

僕はホッとしてボックスシートに腰を埋めた。二両編成の列車はディーゼルエンジンの音を響かせて町を離れ、田園地帯を抜け、やがて山の中へと入ってゆく。長いトンネルをいくつか通過して駅に着くと、学生の乗客たちが降りていった。窓の外は緑色の世界だ。空は抜けるように青く、遠くに大きな入道雲が見える。少しだけ開かれた窓からは夏のはじまりを告げる薫風が遊びにやってきた。なんだか、あのときとは違う列車に乗っているみたいだな。ふるさとを離れて盛岡へ向かったあの列車から見た銀世界が嘘のようだ。冬と夏でこうも景色が変わるものなのか。表情豊かな東北の四季を肌で感じながら、僕を乗せた列車は心野川に沿ってゆっくりと進んでいった。

もうすぐ『ほっこりこころの駅』だ。母さんのことを追いかけた記憶が脳裏を過《よぎ》る。十一年ぶりの帰郷か。父さんもこの景色を眺めながら同じことを思っているのかな。

村のシンボルでもあるとんがり屋根をした駅舎は、あの頃となにひとつ変わっていなかった。駅に併設した温泉施設の入口には『ゆ』と書かれた大きなのれんが風で揺れていて、観光客が天然温泉を楽しもうとタオル片手に入ってゆく。都会よりも空が広くて、風は少し冷たく感じる。駅前には温泉宿の送迎バスが数台停《と》まっていた。タクシーの姿はない。近くの足湯スペースではカップルがお揃《そろ》いのTシャツを着て、お湯に足を突っ込んで笑い合っている。その姿が不愉快だ。別れてしまえばいいのに。

父さんたちがどこに泊まるかは分からない。しかし温泉宿の多くは『高橋屋』がかつてあった心野川のほとりに並んでいる。車で行けば十分程度だが、歩けば四十分という道程だ。タクシーが来る気配はなかった。僕は仕方なく歩いて目的地を目指すことにした。村はあの頃からちっとも変わっていなかった。いや、昔よりも洒落《しゃれ》たカフェなんかができて、観光地として立派になったように思う。それに相変わらず自然は美しい。あの頃の僕は幼かったし、日々この景色を見ていたから分からなかったが、雄大な自然と滝、そして温泉。人々が観光に来る理由が分かる気がする。そんなことを考えながら県道の脇の道をただひたすら歩き続けた。やがて家屋は見えなくなり、坂の勾配がきつくなった。こんなふうに一人でなにもない道を歩いていると、母さんが出て行った日のことを嫌でも思い出してしまう。あの日、この道を一人で駅の方へ走ったっけな。

黒いTシャツに日差しを一杯浴びながら一歩一歩歩いてゆくと、遠くに建物が見えてきた。温泉宿だ。あの旅館から向こう側のエリアに宿がいくつか建っている。草津《くさつ》や湯布院《ゆふいん》のような立派な温泉地とは違って宿の数はさほど多くない。このくらいの数ならしらみつぶしに探せる。僕は最初に目に入った旅館ののれんをくぐった。「高橋和志か橘沙織がここに泊まっていませんか?」なんてことをバカ正直に訊ねても教えてくれるわけがないだろう。だけど運が良ければ宿の入口に今日の宿泊客の名前やグループ名が記されてあるはずだ。あの手のチャラい連中だ。きっと歯の浮くようなグループ名を付けて予約しているに違いない。

だが、最初の旅館も、その次も、それらしきグループ名は見当たらなかった。

まさか……。とある一軒の旅館の前で立ち止まった。

かつて『高橋屋』があった場所だ。今では日本有数の総合リゾート運営会社である『月川亭《つきかわてい》グループ』に姿を変えている。当時、古びた外観をしていた建物はスタイリッシュにリニューアルされ、和と洋が混在した風情ある佇まいをしている。瓦葺《かわらぶ》きの気品溢れる数寄屋《すきや》門には、職人の手作りであろう繊細な格子が据えてあって、門をくぐると水が流れる音が聞こえる。大きな本館と、その奥に小さな離れがぽつんと見える。庭園を望むＶＩＰ専用の特別客室だろう。

あの頃からは想像もできない別世界だ。僕は感心しながら本館へと続く石畳をボロボロのスニーカーで歩いた。夜になると淡い光を放つであろう小さな灯籠が等間隔に並んでいる。庭師の技が光る手入れの行き届いた松の木。そのすべてにラグジュアリー感が溢れていて胸焼けしそうだ。ここがあの古びた『高橋屋』のあった場所だとは思えない。見違えてしまうほど立派な温泉宿になっていた。

入口はバリアフリーの自動ドア。段差が一切ないところに高いホスピタリティを感じさせる。いちいち完璧な設計は難攻不落の要塞を思わせた。だからもちろん個人情報の保護にも抜け目がない。受付に本日の宿泊者の情報など記されているはずもなかった。

靴を脱がずに入れるフロントで宿泊者の名前が出ていないかを探していると、瑠璃色の着物に撫子色《なでしこいろ》の帯を締めた仲居《なかい》さんが僕を見つけて奥からやってきた。

どうにか父さんたちが泊まっていることを聞き出せないだろうか。そんなことを考えていると、「マジで最高の旅館じゃん!」というチャラい若者のウェイウェイした声が聞こえた。どこかで聞いた声だ。確かマッコで父さんをカラオケに誘っていた金髪頭のバイト君だ。ということは、父さんとさおりんも一緒なのだろう。

僕は近くの土産物売り場に慌てて身を隠した。

どうやらチェックインのタイミングと重なってしまったようだ。僕は靴紐《くつひも》を結び直すフリをして物陰にしゃがみ込んだ。すると、「どうかなさいましたか?」とさっきの仲居さんが声をかけてきた。マズい。このままでは父さんたちに見つかってしまう。

「あの、ちょっとお腹が痛くて」と苦し紛れの嘘をつくと、仲居さんは宿泊客でもない僕のために快くトイレを貸してくれた。

それからしばらくトイレの個室に身を潜めた。スマホで宿泊費を調べると一泊最低二万円。『月川亭グループ』の中では安い方だが、若造どもにしては贅沢《ぜいたく》がすぎやしないか? というか父さん、こんなことに使う金があるなら、僕の学費を手伝ってくれよ。

十分ほどが経ってトイレから出た。マッコのクルーたちは客室に案内されたらしい。

僕はおずおずと「一人なんですけど泊まれますか? 予約もしてないんです」とさっきの仲居さんに伝えた。ほっそりとした顔のその女性は、予約帳を確認すると「お一人様専用のお部屋が空いております」と丁寧な話し方で案内をしてくれた。

笑顔が不器用な人なのだろうか？　どことなく陰鬱とした印象だった。なんというか、この人の顔は僕に梅雨空を思い起こさせる。どうしてかは分からないけれど。

宿帳に名前を書いた。備え付けのチタンのボールペンで『高橋丈輔』とすらすらっと書くと、カウンターの向こうにいた仲居さんが「え？」と呟いた。この村の人なのだろうか？　そう思って、ちょっとだけ焦ってしまった。しかし仲居さんは「では、お部屋に案内しますね」と何事もなかったかのように僕を部屋へと連れて行ってくれた。

さすがは一流旅館だ。一人用の部屋にもかかわらず、客室に通じる靴を脱ぎ履きする『踏込《ふみこみ》』と呼ばれるスペースが十分すぎるほど広い。十畳ほどの和室は掃除がよく行き届いていて、畳のいぐさの香りが芳しくて心地よい。床の間には季節の花。縁側には椅子が一脚。ヘパイストスというブランドのものだ。一点ものの椅子なのだろう。温泉宿の倅《せがれ》として生まれ育ったからか、こういった家具や部屋につい興味がいってしまう。

縁側の窓の向こうに川のせせらぎが見える。長閑《のどか》な鳥の声が耳に優しい。建物の姿形は変わっても、この雄大な自然はあの頃と同じなんだな。そんなノスタルジックな気分を和菓子と日本茶で胃の中に流し込んだ。

ちなみに、温泉宿でチェックインして部屋に入ると、テーブルの上に和菓子が置いてある。これは『お着き菓子』と言って、血糖値を上げるためのものだ。血糖値が下がった状態で温泉に入ると、立ちくらみや失神などが起きやすい。それを避けるために、まずは甘いものを食べるのだ。

さて、うんちくはこのくらいにしていよいよ本題だ。まずは父さんに本当のことを伝えよう。僕がさおりんの恋人であること。そして、これからも恋人であり続けたいこと。それから、さおりんに心からの謝罪をする。僕の想いを伝えるんだ。

意を決して父さんたちが宿泊している部屋を探した。彼らは僕の部屋のひとつ上、三階の角部屋の『靄《もや》の間』に入っていた――どうやらこの旅館の客室はすべて雨冠の字を採用しているらしい――。僕は木製のドアの前で立ち止まり、ふぅと深呼吸をひとつして心と息を整えた。中からはＥＤＭのはっちゃけた音楽が聞こえる。笑い声と軽いノリの会話が漏れていた。僕はノックをしようと拳を作ると――、

でも待てよ。チェックインして早々に乗り込むのって、ちょっと非常識じゃないか？だよな。もう少し待とうかな。ひとっ風呂浴びてからでも遅くはないだろう。

はっきり言おう。僕はビビっていた。ウェイウェイしているノリの中に単身で乗り込んで、場の空気を凍りつかせることに臆したのだ。だからそのまま部屋に戻って浴衣に着替えて、最上階の大浴場へ向かった。

五階は男女の大浴場とスイートルームになっている。男湯の紺ののれんをくぐると、清潔でほどよく広い脱衣所がある。アメニティも充実している。ドライヤーがダイソン

の最新機種であることに驚きつつ、僕は裸になって浴室へと入った。中は落ち着いた雰囲気だ。客の姿はない。壁面には岩肌がしつらえてあって、床は滑りにくい床材の御影《みかげ》石《いし》が使われている。おや？　内湯は温泉ではなさそうだ。なるほどな。掛け流しの源泉は、肌が弱い人にとっては刺激が強すぎて悪影響になる恐れもある。こうやって普通のお湯を張った風呂をひとつ用意しておくことで、万人が楽しめるようにしているのだろう。細やかな心配りがいちいち素晴らしい。

でも僕の肌は頑丈だ。せっかく温泉に来たのだから天然温泉の熱々の湯に入りたい。小さなサウナ室の横を通って、露天風呂に続くドアを押し開けた。

初夏にしては冷たい風が素っ裸に堪《こた》える。五階のここからなら心厳の滝がよく見える。なんて贅沢な景観なのだろうか。僕は青々とした山々に抱かれた美しい滝を眺めながら、しっかりとかけ湯をして、湯船にゆっくりと身体を沈めた。

おお、なかなか熱いではないか。粘土っぽい匂いが懐かしい。それにこの肌触り。毛穴ひとつひとつに温泉の成分が染みこんでゆくような感じが心地よい。子供の頃はこの湯の素晴らしさなんて分からなかった。毎日当たり前のように入っていたもんな――、

「丈輔？」

びっくりして横を向くと、父さんが隣で肩まで湯に浸かっていた。

「ど、どうしているんだよ！」

「それはこっちの台詞だ」

し、しまった……。父さんだって温泉地の生まれなんだ。温泉宿に来たら「なにを置いてもまずはひとっ風呂」という精神の持ち主のはずだ。完全に誤算だった。

「お前、どうして」と父さんも動揺していた。僕は苦笑いを浮かべて「父さんが心野に行くって言ってたから、懐かしくなってさ」と誤魔化した。

いや、待て。待つんだ高橋丈輔。本当にそれでいいのか？　ちゃんと父さんと向き合うって決めたんだろ？　よし……と、僕は湯船の中で拳を固めた。

「ごめん、嘘。実は父さんに話があって来たんだ」

「話？」

「うん。ずっと黙っていたんだけどさ」

「分かってるよ」と父さんが遮った。

「え？」

「母さんのことだろ？」

「ううん、違う。さおりんのこと」

「あ、そっちか。ていうか、さおりんって呼ぶな。沙織さんだ。お前の義理の母親になるかもしれない人なんだぞ」

「キモいからそういうのやめてよ。実はさ、さおりんの恋人って……」

太陽を隠していた雲が流れて、湯船から立ち上る湯気が黄金色に染まった。僕はその湯気を吹き消すように深呼吸をひとつして、勇気を出して父さんに伝えた。

「僕なんだ！」

父さんは無言だ。黙って遠くの滝を眺めている。僕は肩透かしを食らった気分で父さんの顔を覗き込んだ。なんで無視すんの？　聞いてんの？　ちょっと怖かった。

父さんは「もう夏だな」と呟いた。現実逃避しているのだ。

「今まで黙っててごめん。さおりんと付き合ってるんだ」

「なるほど、そういうことか」と父さんは笑った。

「分かったぞ。お前、父さんの恋心が本気かどうか試しているんだな？」

「ううん、違う。全然違う。マジだから。二ヶ月前から付き合ってるんだ。だからごめん。悪いけど、さおりんのことは諦めてほしいんだ」

「じゃあ……」と父さんが唸《うな》るようにして言った。

「彼女を束縛していたのは、お前だったんだな？」

そう言って、バッキバキの目で僕のことを睨《にら》んだ。

怖い怖い怖い。首でも絞めて、お湯の中に沈める気？

かなり熱いお湯だけど、寒気が止まらなくなった。

「は、反省してるよ。もう彼女を悲しませたりしないから」

「人間はそう簡単には変われないさ。束縛する奴はいつかまた愛する人のことを縛る。だからお前は沙織さんと一緒にいる資格なんてないよ」

「はぁぁ⁉　親なのにそういうこと言うかね⁉」

僕は本気でムカついた。その場で勢いよく立ち上がると、

「じゃあ父さんだって人のこと言えないだろ！　母さんのときだよ！　なんであのとき母さんのことを追いかけなかったんだ！　なんで母さんが一人で頑張ってるときに手を貸さなかったんだ！　本ばっかり読んでいやがって！　父さんだって、母さんを大切にできなかったくせに、偉そうに言うんじゃねぇよ！　そんな奴がさおりんを幸せになんてできっこねぇよ！　今は相談役のポジションで良い感じなのかもしれないけど、どうせいつかまた母さんみたいにさおりんのことも傷つけるよ！」

「相談役のポジションで良い感じ？」

「とにかく、さおりんを諦める気なんてさらさらないから！　それだけ伝えたくて今日はここに来たんだ！」

そう言い放つと、僕は風呂から飛び出した。

この勢いですぐに着替えてさおりんのところへ行こう。浴衣姿だけど構わない。

『風呂は熱いうちに入れ』だ！　思い立ったら即行動せよ！

生乾きの髪の毛のまま、階段を一気に駆け下りた。そして三階の廊下の突き当たりに

あるクルーたちの部屋を目指した。短時間の入浴だったにもかかわらず、身体の芯まで温まったおかげで、額には玉のような汗が浮き出ている。さすがは天然温泉だ。

「高橋丈輔さん……」

背後で女性の声がした。さっき受付をしてくれた仲居さんの声だ。あーもう、なんでこのタイミングで声をかけてくるんだ――と、振り返ると、僕はぎょっとした。

仲居さんが包丁を振りかざして襲いかかってきたではないか。

えぇぇぇ⁉　なにこれ⁉　どういう状況⁉

そう思ったのと同時に、右腕に痛みが奔《はし》った。ちょっとだけ腕を切られてしまった。浴衣がぱっくり裂けて、生地が血で真っ赤に染まっている。仲居さんがもう一度包丁を振り上げた。僕は慌てて彼女の手を摑んだ。そしてそのまま床に倒れた。

なんなんだよ、これは！　マジでどういう状況⁉　この町全体がゾンビ・ウィルスにやられちゃって、この人もゾンビ化しちゃったの⁉

彼女はふたつの目玉をひん剝《む》いて、歯茎もむき出しにしてなにやら叫んでいる。本物のゾンビのようで恐ろしい。なにを叫んでいるんだ？

「あんたの母親が奪ったのよ！」

母親？　母さんのこと？　なんでここで母さんが出てくるんだ？

「わたしの大事なあの人を！　あの女が！」

さっきも思ったけど、この人のこと、僕はどこかで見た気がするぞ。

「あの女さえ、うちの牧場に来なければ‼」

牧場？　ま、まさか、この人……。

田所さんの奥さん⁉

そのとき、記憶がフラッシュバックした。小学四年生の冬、母さんにくっついて田所さんの牧場へ遊びに行ったときの記憶だ。田所さんは優しい人だった。でも、その奥さんはちょっと苦手だった。暗くて、痩せ細っていて、いつでも背中を丸めている。梅雨時に家の隅っこに生えたカビのような人だったからだ。

そうか、だから受付のとき、この人のことを見て僕は梅雨空を思い出したんだ……って、今はそれどころではない。僕は田所さんの奥さんを蹴り飛ばすと、そのまま階段を駆け下りた。受付には誰もいない。「すみません！　助けてください！」と喉が痛くなるくらい叫んだが、誰かが来る様子はなかった。

「誰か！　誰か‼」

階段を降りてくる足音が大きくなってきた。田所さんの奥さんだ。僕は室内サンダルのまま宿から飛び出し、さっき来た県道を走って逃げた。

なんで僕は殺されそうになっているんだ⁉

走りながら田所さんの奥さんの言葉を反芻《はんすう》した。

——あんたの母親が奪ったのよ！

——わたしの大事なあの人を！　あの女が！

あれってどういう意味だったんだ？　母さんが奪った？　それって……。

「待ちなさいッ！」

振り返ると、田所さんの奥さんが包丁を手に追いかけて来る姿が見えた。着物の裾をたくし上げて、大股で近づいてくるではないか。すごいスピードだ。子供の頃に聞いた〝口裂け女〟の都市伝説を思い出した。百メートルを六秒で走るという健脚の化け物だ。苦手なものは（なぜか）べっこう飴《あめ》。でも僕は今フリスクしか持ってない。

「く、来るな！」とフリスクのケースを投げたが無駄なあがきだ。逆に距離を詰められてしまった。こんなとき、都会ならばすぐに人と遭遇して助けを求められるのに、残念ながら人はおろか、車も走っていなかった。

辺りは暗くなりはじめていた。

とにかく逃げなくては。僕は半泣きになりながら死ぬ気で走り続けた。

こんなことなら普段からゴールドジムに通っておけばよかった。そんな後悔が、ぜぇぜぇと溢れる吐息の中に混じる。もうすぐ駅だ。そこなら人がいるはずだ。でももう体力も限界だ。膝が笑って転んでしまいそうだ。一方の田所さんの奥さんはタフだ。ぐんぐん距離を縮めてくる。僕は振り返った拍子に足を躓《つまず》かせてしまった。そして県道の脇で転倒した。立ち上がろうとしたが足に力が入らない。殺される。そう思いながら這《は》うようにして逃げた。田所さんの奥さんの奇声がどんどん近づいてくる。

その声を聞きながら、僕の脳裏ではこれまでの人生が走馬灯のように駆け巡っていた。

さおりんに対して、父さんに対して、不遜な態度をとってしまった情けない自分の姿が浮かんだ。いつも、いつでも、父さんのことを責めてばかりだった。父さんは僕を育てるために慣れない都会で、慣れない仕事を頑張ってくれていたのに。その努力にちっとも目を向けようとしなかった。根暗で自己表現が壊滅的に下手くそな父さんに苛立ってばかりだった。でも優しいこともあったじゃないか。この村を離れたとき、不器用な手だったけれど僕の頭をごしごし撫でて「お前はなにも心配するな」って言ってくれたじゃないか。あれは父さんなりの精一杯の優しさだったんだ。それなのに、僕は父さんを憎んでしまった。「もっと慰めてほしいのに」って、自分のことばかり考えていたんだ。母さんがいなくなって寂しいのは、父さんも一緒だったのに……。

「父さん……」

震える声で呟いた。群青色に染まる世界で、包丁がギラリと不気味に輝く。僕は震えながら、尻をついたまま、後ずさった。田所さんの奥さんが近づいてくる。

もうダメだ。僕は目を閉じ、大きな声で思い切り叫んだ。

「父さん、ごめん！」

そのときだ。誰かが田所さんの奥さんを後ろから羽交い締めにした。

それは、父さんだった。

いつも暗くて情けない父さんが僕のために必死に戦っている。へっぴり腰だけど、勇気を出して刃物を持った相手に立ち向かっている。あんなに小さな身体で。振り回された刃物に切られそうになっているのに、「平気か、丈輔！」と僕のことを心配している。その姿を見て、胸の奥の感情の源泉が煮えるように熱くなった。

父さんは田所さんの奥さんの手から包丁を奪うと、そのまま彼女の腕を押さえた。やがて車で駆けつけた旅館の人やマッコのクルーたちが、奥さんを取り押さえた。

助かったんだ。全身の力が抜けてゆくのが分かった。

安堵《あんど》する視界の中で、車のヘッドライトに照らされた小さな身体のシルエットが浮かんでいる。父さんだ。ゆっくりとこちらを向くと、疲れた足取りで一歩一歩近づいてきた。その顔がだんだんと、はっきり見えてきた。

父さんは、笑っていた。

今までにないほど柔らかい自然な笑顔だ。

「もう大丈夫だ。心配いらんぞ」

その笑顔と、その言葉が優しくて、僕の瞳から大きな涙を引っ張り出した。

生まれて初めて見た、父さんの逞《たくま》しい姿だった。

田所さんの奥さんが逮捕されると、警察官に事情を伝えて解放された。もうすっかり夜だ。山間《やまあい》の村では初夏と言えど、夜になると身震いするほど寒くなる。薄い浴衣の上から両腕を撫でながら、僕らは『ほっこりこころの駅』の駅舎の前に並んで座っていた。

「宿に帰らなくていいの？　早く戻りなよ。さおりんが待ってるんだろ？」

「沙織さんなら、いないよ」

「え？」

「この旅行には来ていない」

「来ていない？」

「大切な人がいるのに、男たちと温泉には行けないって言ってたな」

「大切な人？　それって……」

父さんは「きっとお前のことだ」と微笑んだ。

目頭がじんわりと熱くなったのが分かった。さおりんが許してくれた。父さんへの想いは勘違いで、まだ僕のことが好きなんだって気づいてくれたんだ。

「沙織さんのところに早く行ってやれ」

「うん！」

「でも、その前に」

父さんは少し不器用に笑った。

「風呂、入っていかないか？」

母さんが出て行った日の帰り道と同じだ。

僕は懐かしくなって「いいよ」と微笑み返した。

駅に併設された温泉施設もあの頃と同じだった。湯船の上には路線用の信号機がついていて、青、黄、赤色で電車が近づいていることを教えてくれる。

僕と父さんは源泉掛け流しの天然温泉にしばらく浸かった。

「怪我《けが》、大丈夫か？」と父さんが心配してくれたので、「こんなのかすり傷だよ」と右腕をお湯につけた。ヒリヒリして痛かったけれど、僕は強がって笑ってみせた。

「ここの温泉は切り傷にも効くから、こうしておけばすぐに治るよ」

「ああ。父さんも、ばあちゃんに包丁で腕を切られたときはここの温泉で治したよ」

父さんはそう言って腕の古傷を撫でた。かつて祖母に切られた傷痕だ。

僕ら親子は似ているのかもしれない。同じ場所に傷ができて、同じ女の子に恋をした。

そして、同じ女性である母さんのことが心の傷としてずっとずっと残っていた。

「父さん、いっこ訊いていい？」

「沙織さんのことか？」

「ううん、違う。母さんのことだよ」

「あ、そっちか。なんだ?」

「田所さんの奥さんがさっき言っていたんだ。あんたの母親がわたしの大事な人を奪ったのよって。母さんってさ、もしかして、田所さんと不倫してたの?」

父さんは黙っている。

「母さんが出て行ったのって、駆け落ちだったの?」

「あの冬——」と父さんが呟いた。「あの冬、牧場に働きに出た母さんは田所さんに惚れてしまった。父さんとは違って男らしい人だったからな。惚れて当然だ。雅恵が毎晩めかし込んで出かけていくものだから、怪しくなって後をつけたんだ。そうしたら田所さんと抱き合っていてな……。雅恵は俺に『別れてください』と言った。田所さんと一緒になりたいって。でも父さんは認めなかった。離婚は絶対にしないって。せめてお前が、丈輔が、大きくなるまでは我慢してほしい。田所さんと会ってもいい。でも丈輔の前では、いつも通りのお母さんとしていてやってほしいって、そう頼んだ。母さんは『分かった』って頷いてくれた。それからは雅恵が夜な夜な出かけていっても見て見ぬフリをしてやりすごした。俺は情けない男だな。小説ばかり読んで現実逃避なんかして」

そんなことがあったのか……。俯くと、湯に自分の悲しげな顔が映っていた。

「だけど結局、雅恵は出て行った。田所さんの奥さんに二人の関係がバレたんだ」

父さんはバシャバシャと湯で顔を洗った。

「悪いのはすべて父さんだ。旅館のことも、家のことも、全部雅恵に任せちまった。愛想を尽かされて当然だ」

「もしかして、母さんが出て行ってすぐに旅館を畳んだのって……僕のため？」

父さんは曖昧に頷いた。

そうか、だからなのか。母さんが出て行ってすぐに『高橋屋』を畳んで、村を出ようって言ったのは、母さんが駆け落ちした事実を僕に気づかせないためだったんだ。あのままここにいたら、すぐに噂《うわさ》で知ってしまうと思ったのだろう。母さんが駆け落ちしたことを知れば僕がショックを受ける。あんなに好きだった母さんに捨てられたって塞ぎ込んでしまう。そう思って僕のためにこの村を出たんだ。

父さんは根暗で不器用でプチ社会不適合者だ。それでも、僕のことをずっとずっと心の中で大切に想ってくれていたんだな……。

「父さん……」

ありがとうって伝えたかった。でも若さが邪魔をして言葉が出てこない。

だからその代わり、心を込めて父さんに伝えた。

「いい湯だね」

「ああ、いい湯だ」

信号機が列車到着の十五分前を告げる赤色に変わると、他の入浴客たちが一斉に風呂場から出て行った。二人だけになった大浴場。あの冬は静かだったけど、でも今は違う。父さんと僕は笑っていた。その笑い声が、柔らかな白い湯気の中へ溶けていった。


「行ってこい。丈輔」

上り方面の最終列車が『ほっこりこころの駅』を発《た》とうとしている。

父の言葉に足を止め、ドアの前で振り返った。

「沙織さんのところへ行って、それでちゃんと謝ってきなさい」

「うん……」と不安で少し苦笑した。

すると、父さんは「心配するな」と僕の頭をごしごし撫でた。

「前言撤回だ。人はきっと変われるさ」

心配するな……か。あのときと同じ台詞だ。

あのときと同じ不器用な父さんの手だ。

僕は照れくさくて「恥ずかしいこと言うなよ」とその手を払った。

「たまには父親らしいことも言わせてくれ」と父さんも恥ずかしそうだった。

僕は父に見守られながら列車に乗った。そして、さおりんの家へと向かった。

さおりんが僕を想ってくれていることは父さんから聞いて分かったけれど、でもやっぱり自分の口で直接謝りたい。今なら変われる気がする。いや、変わるんだ。僕は生まれ変わって彼女と幸せになるんだ。

「いや、もう無理だから」

さおりんが虫けらを見るような目で僕に言った。

彼女の家に辿《たど》り着いた僕は、開かれたドアの前で呆然《ぼうぜん》と立ち尽くしている。

言葉の意味が全然分からなかった。だから思わず「なんで？」と聞き返してしまった。

「もう丈ちゃんとは付き合えないって言ったじゃん。気になる人がいるって」

え？　どういうこと？

「あ、分かった。僕の恋心が本気かどうか試しているんだね？」

「試してない。全然試してないから。前にラインで伝えたでしょ？　人生のこととか、これからのことを相談してるバイト先の大人の人がいるって」

「でもそれは僕の父さんで、だけど、父さんよりも僕のことが好きなんじゃゃ……」

「父さん？　なにそれ？　意味が分からない。それに、丈ちゃんみたいに恋人を自分の型にはめる人って最低だと思うの。わたしにはわたしの人生があるの。留学とか、バイトとか、やりたいことがたくさんあるの。それを自分のエゴのためだけに奪おうとするのって本当にありえないよ。だからもうかかわりたくない。放っておいて」

ぐうの音も出なかった。今までの自分の蛮行を思い出して、羞恥心という名の爆弾で粉々に爆《は》ぜてしまいそうだ。

「沙織？　大丈夫か？」と奥から男の声がした。リビングに通じるドアがゆっくり開き、一人の男がやってきた。その男には見覚えがあった。

こ、こいつは……。僕は震えた。

こいつはマッコの店長だ！

欧米人のような身のこなしが格好いいイケメンだ！

でも待って！　マジで待って！　父さんは言っていたじゃないか！　さおりんの大切な人は、きっとお前のことだって！　ん？　きっと？　きっとってなに？　それって父さんの予想ってこと？　大切な人ってマッコの店長だったたってこと？　ついでに、今さおりんが言ってた『バイト先の大人の人』って父さんじゃなくて店長だったたってこと？

僕ら親子は、この恋から早々に脱落していたってこと？

うわ、恥ずかしい！　親子二人してめちゃくちゃこっぱずかしすぎる！

バタンとドアが閉められて、僕はその場で崩れてわんわんと泣いた。子供の頃、母さんがいなくなった朝のように。いつまでもいつまでも、近所の人に「うるせぇぞ！」と怒鳴られても泣き続けた。僕はまだ、しばらく変われそうにはなかった。

そんなふうにして、僕と父さんを乗せた恋のトロッコは脱線して羞恥心という崖下へと転がり落ちていった。終着駅までたどり着けずに終わった小さな小さな、マジで小さな恥ずかしい恋の物語だ。

父さんと僕の短い春は、静かに、無残に、終わりを告げたのだった……。

最後に、僕らの近況を簡単にお伝えしておこう。

さおりんはその年の暮れにインドへ旅立った。未練たらしく彼女のインスタを覗いてみると、『もぉ、ほんと人生観変わったぁー！』とインド旅のテンプレみたいなことを言っているさおりんがいる。少し鼻につくけど、相変わらず天使のように可愛らしい。青春を謳歌《おうか》している彼女を見るたび、かつての恋人がどんどん遠くへ行ってしまう気がして、なんだか少し、いや、結構、かなり、マジで、寂しかった。

マッコマッコバーガー盛岡大通店は潰れた。さおりんが「わたしがいないと潰れちゃうよ」と言っていたのは本当だったんだ。父さんの働くモチベーションがなくなったことも閉店の一因だろう。今は大手からあげ専門店に変わっている。

そして僕はコミュ障になった。失恋したせいだ。いや、今から思えば、昔から僕はコミュ障だったのかもしれない。さおりんの話を一切聞かず、一方的に彼女を束縛していたのだから。それが失恋によって悪化し、おまけに怠惰というアビリティまで装備してしまった。今は小説すら書いていない。書く気にもなれない。日がな一日暗い部屋でスマホをいじっている。ついでに今も彼女はいない。だけど来週、お恥ずかしながら、岩城先輩がまた合コンを開いてくれるらしい。今度はモヒカンにしてビリケン様の格好で行こうか本気で悩んでいる。もうすぐそこまで春が来ている。そんな予感だけは敏感肌でビンビンと感じている。

さて、その後の父さんはというと……。

マッコが潰れて再び無職になった父さんは、失恋の傷を癒やすために勝手に旅に出た。一年かけて全国の温泉を巡るらしい。貯金を全額はたいてハーレー・ダビッドソンを買ってきたときは、なんで無免許なのにバイクから買うんだよ……と呆れてしまった。だけど父さんは変わった。確かに変わった。根暗で人付き合いも苦手だったあの人が、マッコの元クルーたちとバイク旅に出かけるなんて。人間とは分からないものだ。

そう思うと、父さんの言うとおりなのかもしれないな。

人はきっと変われるんだ。

だから僕も前言撤回だ。これは、僕の父さんの小さな恋の物語なんかじゃない。

小さな小さな、成長の物語だ。

それに——と、僕は部屋で一人、膝の上の雑誌を開いた。大手出版社が刊行している文芸誌だ。そこには文学賞の大賞受賞作が掲載されている。そのタイトルは、

『恋風——この風、あなたに届いてますか?』

旅立ちの朝、父さんがやけくそでポストに突っ込んで応募した原稿だ。

まさかあの物語が、僕よりも先に文学賞を取るだなんて……。

人生とは本当に分からないものだ。決して悪いことばかりじゃない。

父さんはそのことを教えてくれた。あの小さな背中で。

余談だが、父さんは受賞したことをまだ知らない。スマホを置いて旅立ったからだ。

出版社からの受賞の報《しら》せは僕が受けた。いつか電話がかかってきたら伝えてあげよう。

きっと喜ぶに違いない。そんなことを思っていると、スマホが震えた。公衆電話からの着信だ。「もしもし」と機器を耳に当てると、父さんの懐かしい声が聞こえた。

「ずっと連絡してこなかったのに、どうしたんだよ？　もうすぐ夏だよ？　あ、それと、父さんに伝えなきゃいけないことがあってさ――」

『丈輔』

なんでこの人は、いつもいつも人の言葉を遮るんだ？

「なんだよ？」

『旅先でとんでもないことがあったんだ』

人生とは本当に分からないものだ。決して悪いことばかりじゃない。

だけど、人生はそう甘くない。

新たなる旅立ちをした父さんの人生に、今まさに過去最大級の危機が迫っていた。

いや、僕にもだ。僕の人生にも、未《いま》だかつてない危機が起ころうとしていた。

「とんでもないこと?」

『ああ。実は今――』

父さんの次の言葉をきっかけに、僕たち親子の人生があんなにも大きく変わってしまうだなんて、あの頃の僕らはまだ、なにも知らなかった。

『実は今、母さんに会ったんだ!』

こうして、僕と父さんの夏は幕を開けた……。

宝塚の騎士

泉ゆたか

◇
泉ゆたか（いずみ・ゆたか）
◇

PROFILE

1982年神奈川県生まれ。2016年『お師匠さま、整いました！』で第11回小説現代長編新人賞を受賞し、デビュー。19年『髪結百花』で第８回日本歴史時代作家協会賞新人賞および第２回細谷正充賞を受賞。著書に「お江戸縁切り帖」シリーズ、「眠り医者ぐっすり庵」シリーズ、「お江戸けもの医 毛玉堂」シリーズ、『おっぱい先生』『江戸のおんな大工』などがある。

1

神戸電鉄有馬温泉《ありまおんせん》駅に辿《たど》り着いた時には、もうくたくたに疲れ切っていた。

詩織《しおり》は恐々《こわごわ》と伸びをした。改札を出たところで饅頭《まんじゅう》を売っている土産物屋に目を向けたら、頭の奥にうっと息を止めるような鋭い痛みを感じた。

埼玉県川越《かわごえ》市の本川越《ほんかわごえ》駅を出てから、兵庫県神戸市にある有馬温泉駅まで、道中約六時間、計五回の乗り換えのとき以外はひたすらスマホでオンラインゲームに没頭していたせいだ。

駅を出ると、旅館の名前が車体に描かれた送迎マイクロバスが何台か、ロータリーもない一本道に窮屈そうに停《と》まっていた。

今にも雨が降り出しそうな曇り空の六月の月曜日だ。

詩織は全国チェーンの写真スタジオで、受付事務の仕事をしている。土日は必ず仕事が入るので、連休を取ることができるのは平日しかない。

繁忙期はウエディングや成人式、卒入学式、七五三の記念撮影を、閑散期はタレントのオーディション用や政治家のプロフィール写真、アナウンサー志望者の就活用写真の撮影などを行う写真スタジオだ。

駅前に広がるのは、紅葉や桜の時期ならばもっとずっと華やいだ場所なのだろうな、と気を回したくなるような極端に人の少ない光景だった。

一本道に沿って大きな川が流れていて、川を取り囲むように古いホテルがいくつか並ぶ。

早速スマホを開いて今日泊まる旅館への道のりを確認する。駅から徒歩十五分だ。

夕方の五時を過ぎていた。早寝早起きのお年寄りならば、宿で早めの夕食を始めていておかしくない頃だ。

広い駐車場のあるコンビニで二リットルの安いミネラルウォーターを買った。思ったより重いな、なんて少々後悔しつつリュックサックを開いてペットボトルを放り込もうとして、動きを止めた。

慌ててリュックサックを前で抱え直して、コンビニの外に出た。

リュックサックの中にあったのはタブレット用の衝撃吸収素材のポーチに入れた、絵葉書サイズの写真立てだ。母の遺影に使った写真だ。

ペットボトルを丁寧に横に倒して入れてから、恐る恐る写真立てをその上に置く。歩き出してしばらくは写真立てが無事かと少し緊張した。けれど久しぶりに身体を動かすことができて頭にも血が廻《めぐ》ったのか、次第に身体が解《ほぐ》れて適当な歩き方になっていく。

宿は車通りの多い急な坂道をひたすら上ったところにあった。

曲がりくねった山道なのに、歩道がないので危なっかしくて仕方がない。おまけに夕暮れだ。詩織はできる限り道の端に寄って、荒い息をしながら坂道を進んだ。

ガードレールの向こうで川の流れる水音が聞こえた。

次第に土産物屋がなくなって、ホテルも旅館もなくなって、集合住宅地らしい雰囲気になっていく。ベランダに洗濯ものが干しっぱなしになっているアパートの前に、錆《さ》びた自転車が止まっている。建物の入口には〝〇〇ホテル男子寮〟と書いてあった。

スマホの地図を何度も確認しつつ、知らなければこの先に旅館があるなんて思わないような地味な道を進む。

ようやく旅館ともホテルとも形容しがたい、図書館や〝〇〇会館〟と名が付く公共施設のような見た目の建物が現れた。

どこかで見たような建物だ、と思う。

小綺麗で落ち着いた感じ。どこにも文句をつけるところはない。けれど、旅に特有の浮かれた華やかさは面白いほど薄い。まさに「宿泊施設」という風貌だ。

日本全国どこへ行っても、母が選ぶ宿はみんなこことと同じような雰囲気を漂わせていた。

この宿の名は、入院中の母がベッドの上で綿密に立てた旅行計画にはっきりと明記してあった。他の旅館ではいけない。ここでなくてはいけなかったのだ。

——お母さんね、一生に一度でいいから宝塚大劇場に〝遠征〟してみたかったの。もうお宿も決めてあって、食事も、お土産を買うところも決めてるの。行くのは必ず来年の六月よ。ＤＶＤで観《み》た演目の再演があるんですって。それまでに退院するから、絶対に付き合ってちょうだいね。

あの日、母はノートパソコンの画面をこちらに向けて、手慣れたレイアウトで作成した〝旅行日程表〟なんてものを見せてきた。

——〝遠征〟……って何？

詩織は小さく鼻でため息をついた。

——えっ、詩織、知らないの⁉〝遠征〟って、今の若い子みんな言うのよ。〝推し〟や〝贔屓《ひいき》〟に会いに地方まで……。

——そのくらい知ってるよ。相変わらず変な言葉づかい、って思っただけ。

母の口から次々に飛び出す若者言葉に、胸がざわついた。

――もう、そんな意地悪、言わないで。いつも若い子たちと接していると、いつの間にか移っちゃうのよ。仕方ないのよ。

母の姿が得意げに見えた。

――ちょっと売店行ってくる。欲しいものがあったら、スマホにメッセージ送って。

そう言って背を向けて、あの日はずいぶん冷たい態度を取ってしまった。

そんなことを思い返しながらチェックインを済ませると、フロントのところにあまり目立たない感じで「公共の宿」と書いてあるのに気付いた。

この表記のある宿は地方職員共済組合を通じて予約すれば少し安く泊まることができる、ということを、母はいつも嬉《うれ》しそうに話していた。

母は公立高校の国語教師だった。

父は詩織が物心つくまえに病気で亡くなっていて、女手ひとつで詩織を育てた。

若くして不治の病に倒れた気の毒な父は、まだ赤ちゃんだった詩織をひしと抱き締めて「家族を守ってあげられなくてごめん」と幾度も繰り返していたという。

――守ってもらわなくても平気よ。私はすごく強いんだから。詩織のことくらい、ひとりでもちゃんと守れるわ。

若き日の母がそんなふうに返したら、父は「君と結婚してよかった」と泣き笑いの顔で言ったそうだ。

母から耳にたこができるくらい聞かされた、遠い昔の思い出話だ。

母はとても教育熱心な人で、幼い詩織に、毎晩何冊も絵本を読み聞かせてくれた。

母の読み聞かせはいつも情感たっぷりだった。二人揃《そろ》って、楽しい物語では大笑いし、悲しい物語ではおいおい泣き、怖い物語ではきゃあきゃあ叫んで抱き合った。

詩織に、本とは物語とはこんなに楽しいものなのだ、と教えてくれたのは母だ。

今ではスマホばかりでほとんど本を読まないが、どんなに長いメッセージでも一瞬で読み終えてしまう速読の力が身に付いたのは、きっとその頃の母の努力のお陰だ。

母はいつも明るくてはきはきしていて人付き合いが得意な人だった。目鼻立ちがはっきりした美人で少々ぽっちゃりしているのが、娘の詩織から見てもいかにも優しそうな〝先生〟だった。

受け持つクラスの生徒にもすごく好かれていて、家には「先生、一年間本当にありがとうございました！」なんて寄せ書きが記された色紙が飾られ、似顔絵や生徒がコラージュした楽しげな母の写真で溢《あふ》れていた。

母は子供が大好きで教える仕事を天職だと思っていて、家に遊びに来た詩織の友達にまで勉強を教えてしまう。小学生のときは、いつの間にか友達の兄弟姉妹までもが我が家に大挙して押し寄せて寺子屋みたいになった。皆に好かれて皆に喜ばれる、自慢の母だった。

だが詩織が少しずつ母の〝生徒たち〟の年に近づくにつれて、母との関係に歪《ゆが》みが生まれてしまった。

母は詩織の高校の入学式を欠席した。

「高一の担任が入学式を休むことは、決して許されないの。詩織だって、入学式のときに担任の先生が欠席だったら、すごく不安になるでしょう？」

母は申し訳なさそうな顔をしながらも、きっぱり言い切った。

母の〝生徒〟と私は同じ年なのだ、と気付いたとき。これまでぼんやりと感じていた居心地の悪い気持ちが、急に憤りとなってうわっと沸き上がった。

私は入学式に担任の先生が欠席したって少しも困らない。お母さんは私ひとりのお母さんでいるよりも、たくさんの〝生徒たち〟に愛される最高の先生でいたいんでしょう？

そんな言葉が胸に渦巻いた。

一度意識してしまうと、母の行動のすべてに苛立《いらだ》ちが募った。

母は詩織が高校生になったことをきっかけに、「ようやく子育てが落ち着いた」と口にするようになった。そして詩織と同じ年頃の〝生徒〟のために、全力で働き始めた。

嬉々《きき》として深夜まで電話口で問題を抱えた生徒の相談に乗った。休みの日でも、生徒の万引きなど重大な事件が起きたときはすべてを放り出して飛んでいった。

「先生！　○○がやらかしました！　私、今すぐ現地に向かいます！」

せっかく一緒に買い物に出かけた先で、同僚教師と〝緊急連絡〟を取り合っている母を見ると、どんどん心が冷えた。

何より嫌だったのは、母が家庭に問題を抱えた子に心を尽くして手を差し伸べようとすることだった。

一度、深夜に女子生徒が家を訪ねてきたことがあった。顔は見ていない。

母は夜を徹してその生徒に寄り添いながら、同僚や上司、警察、児童相談所と連絡を取り合って、これぞ正解というまっとうな対応をしたらしい。

だが、何があったんだろうと不思議そうにしていただけの私が、「あの子は、私しか頼れる大人がいないの。何とかして私が助けなくちゃいけないの。絶対、興味半分に顔を出さないでちょうだいね」なんて、怖い顔で言われる筋合いはないと思った。

それから母は、毎朝その子の分もお弁当を作るようになった。自分の分は大きなお握り一つだけにして、詩織のものとまったく同じお弁当を二つ作る。

そういうところが本当にうんざりだった。

お弁当が二つになってから、明らかに中身がしょぼくなった。

母は、生徒にこっそり渡すお弁当が周囲よりも豪華ではいけない、と気を使ったのだろう。自分のお弁当をお握りだけにしたのも、先生と同じものを食べていると噂《うわさ》にならないようにという心配りだ。

確かに母は素晴らしい先生だった。でも――。

朝のちょっとした口論がきっかけでどうしても気持ちが抑えられなくなったある日、詩織は母が作ったお弁当の中身をコンビニのごみ箱に捨てた。

顔も知らない私と同じ年の女の子は、このお弁当をどんな顔をして食べているのだろう、と思いながら放り捨てた。

代わりに禍々《まがまが》しいまでの強烈な匂いを放つフライドチキンを買って、泣きながら齧《かじ》った。苛立ちと罪悪感と寂しさと悲しさが滅茶苦茶《めちゃくちゃ》に渦巻く気持ちで、お母さんなんて大嫌い、と呟《つぶや》きながらフライドチキンを齧った。

2

旅館の部屋は畳の匂いの漂う広い和室だった。

部屋の奥の障子を開くと、板張りの広々としたスペースに籐《とう》製の〝応接セット〟が置かれている。やはり今日は客が少ないのだろう。どう見ても普段はひとりで使う部屋ではない。

重いリュックサックを畳の上に置いて、中から写真立ての入ったポーチを取り出した。

「ね、お母さん、着いたよ」

卓袱台《ちゃぶだい》の上、漆塗りの丸い器に入ったお茶セットの横に写真立てを置いた。遺影となった写真は母が冗談交じりに、でも隠しきれない寂しさを湛《たた》えた顔で自分で選んだものだ。

紅《あか》く色づいた紅葉を背に微笑《ほほえ》む、肌が綺麗で笑顔が映える、とびきり写りの良い写真。何年か前に修学旅行で行った京都で撮られた写真だ。

記憶の中の母よりもずいぶん美しいその笑顔に、ほんの数秒、手を合わせて目を閉じた。

他にすることはもうない。

詩織は窓辺の古びた籐椅子の上で膝を抱えて、スマホを覗《のぞ》き込んだ。

移動中ずっとプレイしていたオンラインゲームのアプリを起動する。

黒ずくめでフリルをあしらったミニワンピースを着た自分のキャラクターが現れた。髪は腰まであるストレートの黒髪。瞳は青くアイメイクが濃い。唇には真っ赤なリップ。実物の詩織よりも少々セクシーで、少々病んで見えるこの美少女の名前は〝Ｓｉｏ〟だ。

このゲームでは、顔や髪型やスタイル、服装はもちろんのこと、性別から年齢から、人間ではない動物や妖精やモンスターまで、自分でデザインしたキャラクターを自由に動かして遊ぶことができる。

Ｓｉｏはモンスターがうじゃうじゃいるファンタジーの世界へ歩み出した。

数名の仲間が画面に現れた。

「Ｓｉｏ、おかえり！」

「もう戻ってきた！　早っ！」

感情を表すスタンプを送り合ったり、〝チャット機能〟で短い文章を交わしながら、皆で協力し合ってモンスターを倒していく。

仲間との交流にはボイスチャットという、マイクで直接声を交わす方法もある。だが、詩織はまずその機能は使わない。早く文字を打つことが得意なのに加えて、声で相手の〝中身〟が本物の女性だとわかると、性的な嫌がらせメッセージを送ったりしてくるプレイヤーもいるからだ。

二年前にこのゲームにハマってから、詩織の人生は変わった。たぶんきっと悪いほうに。

ゲームの世界で他者と関わるというのが、これほど刺激的なことだとは思わなかった。まるでＳｉｏが本当に存在しているような気がする。仲間たちと力を合わせて困難をクリアすると、うっとりするような快感を覚えた。

仕事以外の時間は、暇さえあればゲームの世界に没頭した。何をしていても常にもう一つの世界が気になる。頭のどこかをがしりと掴《つか》まれているような気がする。

これこそ〝中毒〟と呼ぶのだとわかっていた。止《や》めなくてはいけないと常に思っていた。

だが大学を卒業して社会人生活を始めてわずか一年目で母の病気、それもかなり進行した癌《がん》が発覚してからの重苦しい日々の中、このゲームがあったお陰で救われたこともたくさんあった。

特に仲良くなったプレイヤーには、メッセージ機能で今の自分の辛《つら》い状況や母への割り切れない気持ちを打ち明けたこともあった。その時真剣に励ましてくれた仲間からのメッセージは、今でもメッセージボックスに大事に保管している。

しばらくファンタジーの世界に没頭していると、ふいにスマホ画面の上に通知が現れた。

メール機能のみを使っているアプリから送られたメッセージだ。

「死ね」

鋭い言葉にぎょっとしてオンラインゲームを中断する。ちょうど数名で力を合わせてモンスターと戦っていたところなので、いきなり消えてきっと迷惑を掛けたに違いない。

オンラインゲームにはよくあることだが、後で、「ごめん、急に仕事の電話がかかってきちゃって」などとフォローしなくては。

「ゲーム始める前に俺に返信しろよ」

カズヤだ。

来週会う予定についてのメッセージのことだ。

だが「どこ行く?」という質問に面倒臭そうに「俺の家」と答えられて、それに私はどう返信すれば良かったというのか。

詩織がゲームにログインしているのは、カズヤにもすぐにバレる。カズヤはこのゲームで出会った相手だからだ。

今思うとずいぶん手慣れていた。このゲームがリリースされた当初からのプレイヤーでこの世界ではかなり顔が利くカズヤは、初心者の詩織に近づいてきて、懇切丁寧にいろんなことを教えてくれて、貴重なアイテムをプレゼントしてくれたりした。

そんなことくらいで素性のわからない男と実際に会ってしまった自分、そして常に別れたいと思いながらも、ゲーム内でのカズヤの人気に縋《すが》って腐れ縁を続けている自分に吐き気が込み上げる。

「ごめん、どう返信したらいいかわかんなくて。家ね、わかった」

不機嫌を隠さずにそう返信したら、また一言「死ね」と返って来た。

さすがに嫌な気分になって、スマホをガラスのテーブルの上に置いた。

窓の外に目を向ける。緑が広がっていた。

絶景だ、と見惚《みと》れるほどではない。山小屋からの眺め、という程度のささやかな緑。

しばらくぼんやり眺めていたら、ちょうど曇り空の向こうで日が落ちるところだったようで、どんどん世界が暗くなってきた。

せっかく温泉に来たんだ。夕飯前にお風呂に入ろう。

母の写真を振り返った。先生として働くのが楽しくてたまらないという生き生きとした笑顔。

私はひとりだな、と思った。

3

盗撮防止のため、大浴場ではスマホは使用禁止だ。

少し考えれば当たり前のことではあるが、脱衣所の厳しい雰囲気の注意喚起ポスターに少し驚いた。

部屋を出てから無意識のうちに手に握ったままだったスマホを、慌ててロッカーの奥に放り込む。

服を脱いで洗い場に出た。大きな窓の向こうは竹の塀で覆われている。塀の上には緑がちょろっと広がってはいるが、お世辞にも景色が良いとは言えない。ガラスドアの向こうの露天風呂は五人も入れば窮屈になりそうだ。

だが清潔でこぢんまりとしている。決して悪い雰囲気ではない。これぞ幼い頃からさんざん訪れた〝旅館〟だ。

先客は、洗い場ではしゃいで逃げ惑う小さな子供連れのお母さんと、お湯に浸《つ》かっているお婆さんとおばさんのちょうど間くらいの年頃の女性がいるだけ。

身体《からだ》を洗ってお湯に入ると、思ったよりもずっとお湯の温度が低くて驚くほどとろみがあった。いかにも肌に良さそうだ。お湯の中で手の甲や二の腕に塗り込むような気持ちでマッサージをする。

お湯を首元に送ると微《かす》かに硫黄の匂いを感じた。唇に跳ねたお湯がしょっぱい。

ほっと気が緩んだ。温泉なんて何年ぶりだろう。

目を閉じて全身の力を抜いたら、身体が紙人形になって溶けて消えていくような気がした。スマホの見過ぎでがちがちに強張《こわば》った肩の筋肉が緩んでいく。

「な、うちのお父さん中学の歴史のセンセイやからな、ここ組合員証あると割引で泊まれんねん」

関西弁の大声が聞こえて、はっと目を見開く。

せっかくのんびりしていたのに騒々しい人たちが入ってきてしまったようだ、と少し残念に思った。新幹線で新神戸駅のホームに着いた途端押し寄せてきた、年配女性たちの大声のお喋《しゃべ》りを思い出す。

だが洗い場を見回しても誰もいない。

水音にはっとして振り返ると、先ほど一人でお湯に浸かっていた女性が〝おばちゃんパーマ〟に眉毛のない顔でにこにこ笑っていた。詩織に向かって話し掛けていたのだ。

「お姉ちゃんの旦那さんも、ガッコのセンセイ？」

「い、いいえ。母です。母が教師なんです」

余計なことを答えてしまった。

ここは、「そうなんですね、私はネットで予約したので何も知りませんでした」とにこやかに受け流す場面だろう。

だが〝旦那さん〟といういかにも善良そうな響きを持つ言葉に、急に身体が硬直してしまったのだ。

私の恋人は、このあっけらかんとしたおばちゃんが自慢するような〝旦那さん〟には決してなり得ない。

「お母さんがセンセイ！　賢い方やねんなあ！　そしたら今日ここで温泉入ってゆっくりして、明日お母さんと宝塚行くん？　大劇場は二十年ぶりの再演やんなあ。めっちゃ

「楽しみにしてはったね？」

おばちゃんは素直に感心した顔をする。

「えっ？　ま、まあ。はい」

歯切れ悪く答えた。

詩織と一緒に有馬温泉に泊まって、次の日に宿からバスで四十分のところにある宝塚大劇場で観劇をする、というのがまさに母の夢の旅程だった。

母は辛い抗癌剤治療に耐えていた時期に、お見舞いに来た学生時代の友人から借りたDVDを観て宝塚にハマった。

これまでの母は、とにかく若者に人気の音楽やアニメを好んでいた。同年代の女性たちの落ち着いた趣味とは少々外れたところにいる自分を、得意げに楽しんでいた人だった。

だが、宝塚、なんていかにも〝生徒〟とは話が合わなそうなジャンルのものを、「こんなに素敵な世界があるなんて少しも知らなかったわ！」と喜んでいる母の姿に、何ともいえない気持ちになった。

いつも若者気分で華やいでいる母には、胸がざわついた。でも病に苦しみながら年齢相応の落ち着きを手に入れてしまう母のことは、もっと受け入れたくなかった。

「何？　宝塚嫌いなん？　まあ、お姉ちゃんまだ若いから無理ないわな。けど年取ったらわかるよ。めっちゃかっこええのよ。王子様、ほんまにおるんよ。こんな顔ちっちゃくて、足うわーって長いんよ。席どのへん？」

「いえ、まだ。当日券を買おうかと」

本当は観劇はしなくてもいいか、と思っていた。

宝塚というのは男装した女性たちが歌って踊る劇団、という程度の知識はあった。だが、中年以上の女性が熱狂するもの、というイメージがあり、少しも興味を惹《ひ》かれなかったのだ。

心が躍らないものを、わざわざ高いお金を出して何時間も観劇するのは辛い。母の写真とともに大劇場まで辿り着ければ、きっと喜んでくれるだろうと思っていた。

「あ、ほんま。明日平日やからね、後ろのほうやったら当日でも買えそうやね。あ、けど、今は当日いきなり窓口行ってもあかんのよ。劇場着いてからでもええから、ネットでちゃんと予約してその画面見せてな」

おばちゃんは熱心な宝塚ファンのようだ。

話が長くなりそうなので、「そうなんですね、ありがとうございます」なんて言いつつ、のぼせたふりをしてさりげなくお湯から上がった。

手早く浴衣に着替えながら、おっと、と手を止める。

ぼんやりしていて浴衣の胸元を左前にしてしまっていた。いけないいけない、と胸の中で呟いて、もう一度丁寧に胸元を合わせる。

写真スタジオの仕事では、着物の合わせに嫌というほど気を配る。自分で着付けをしたお客さんはもちろんのこと、スタジオ専属の着付係の人でさえも、ときにふいに魔が差したように合わせを逆にして、左前の死装束に着付けてしまうことがあるのだ。

着替えているうちに、この旅館の夕飯は宴会場で食べる形式だったと思い出す。あのおばちゃんに会ったら嫌だな、と思う。母のことを話してしまったのに、ほんとうはひとり旅だなんて姿を見られたら面倒だ。

なんで咄嗟《とっさ》に、母のことなんて口に出してしまったのだろう。大したことではないのに、どっと気が重くなった。

現実は嫌いだ、なんて心の中で呟きながら、濡《ぬ》れた髪を拭きつつほんの三十分ほど確認していなかったスマホを手に取ると、「死ね」やら「ふざけんな」やら、カズヤからの攻撃的なメッセージがびっしりと届いていた。

文面を読み上げることなく、ぶつけられたその刺々《とげとげ》しい感情だけを胸の中で素通りさせる。

これは現実ではない。カズヤの言葉は本心ではない。きっとそうだ。そうに決まっている。カズヤは私の恋人だ。私のことを心から愛してくれている恋人のはずなのだ。

――君を助けたい。僕を信じて。

ふいに胸がちくりと痛んだ。

あの人、どうしているんだろう。ナイト、と名乗ったあの人。

ゲーム内で知り合った男だった。初めて会ったときは、ミリタリー・マニアを思わせる胸に勲章がたくさん付いたナポレオンのような軍服姿だった。キャラクターの着せ替えを楽しむタイプだったらしく、Tシャツにジーンズというラフな姿や、ニューヨークのエリート弁護士みたいなスーツ、甲冑《かっちゅう》を身に纏《まと》った中世の騎士、時にはクマの着ぐるみを着ていたこともある。

――あんな男、Ｓｉｏには相応《ふさわ》しくないさ。ＫＡＺと別れて、Ｓｉｏ自身の人生を生きるんだ。

カズヤの動かすキャラクターのＫＡＺと詩織のＳｉｏが現実の世界でも交際していることを、ゲームの仲間は皆知っていた。

ナイトは、カズヤが他の女性プレイヤーと実際に会っているという噂を、わざわざ知らせにきたのだ。つまり、現実世界でカズヤは浮気をしているということだ。

最初のうち、ナイトのことは胡散臭《うさんくさ》い奴《やつ》だと思った。余計なお世話も甚だしい。喋り方もちょっと気持ち悪い。それにカズヤの怪しい行動なんて、私はとっくの昔からわかっていた。

──教えてくれてありがとう。でもあんまり知りたくなかったかも。カズヤとはもう付き合いが長いから、お互いあまり干渉しないようにしてるんだ。

つれない返信をして、しばらくはほったらかしていた。

それに対して返信がなかったこともあり、大人数でプレイするときにナイトがいても、あまり気にせず他の皆と同じように対応した。

だがカズヤと急に連絡が取れなくなったある夜、気の迷いで長文の愚痴を連ねたメッセージをナイトに送ってしまったのだ。

あっという間に、同じくらい長文の丁寧な返信が来た。

──メッセージ嬉しいよ。迷惑なはずがない。Ｓｉｏのことがずっと気になっていたんだ。

このナイトって人、相当暇なんだな、なんて毒口を呟きながらも、結構嬉しかった。オンラインの世界で、メッセージの返信が早い、というのはかなり好ましい要素だ。返信が早いのに誤字脱字が一切ないことにも驚いた。そこそこきちんとした人だな、と思った。

そこから毎日のように長文のメッセージを送り合い、一緒にゲームをプレイした。

カズヤは夜中にゲーム実況の動画を発信して、その広告費で生活していた。つまり午前中はほぼ寝ている。なので出勤前にナイトとゲーム内で朝早くに待ち合わせて、二人で強いモンスターを倒した。

出会った頃は初心者だったナイトは、在宅勤務で自由な時間が取りやすいらしく、めきめきとレベルを上げていった。

ナイトと一緒ならどんな強い敵もだいたい倒せた。別の仲間と大勢でプレイしている最中でも、詩織がピンチになるとナイトが必ず助けてくれた。

——僕はSioといると本当に楽しいよ。一緒に冒険をしていると、この楽しい時間がずっとずっと続けばいいと思うんだ。

ナイトは相変わらず気恥ずかしくなるような熱いメッセージを送ってきた。けれど騎士の〝ナイト〟を名乗っているだけあってどこまでも紳士的だった。

毎日必ず連絡を取り合うようになってからも、性的な話を振ってきたりカズヤの目を盗んで実際に会おうなんて、決して言い出さない。

——ごめん、僕はもうそろそろ寝なくちゃ。お互い、明日も現実を頑張ろう！

ナイトの引き際はいつも絶妙だった。

これほどいつでもゲームに没頭しているのだから、ひとり暮らしの男性に違いなかった。けれど一晩中プレイをするような荒《すさ》んだことはしないので、定職についているというのは嘘《うそ》ではなさそうだ。

そのうちに、少しずつこの人ならば実際に会ってもいいかなと思い始めた。

もちろん顔を見てから考えるけれど。でも、よほど、よほど気持ち悪い人じゃなければ、カズヤと別れてこの人と付き合うほうがいいのかもしれない。私のことを幸せにしてくれるのかもしれない。

そんなことまで考えていたのに、ナイトは唐突にゲームを止めてしまった。

たった数日、詩織がゲームから離れたせいだ。戻ってみたらもうナイトは、いくら事情を説明するメッセージを送っても返信をくれなくなっていた。

せっかく今までにない、いい雰囲気で大事な話をしていたところで、急に詩織からの返信が途絶えたのがいけなかったのだ。

システム上、詩織本人に通知はされないけれど、きっとナイトからブロックされてしまったに違いなかった。

さすがに脱力した。

いなくなってから考えると、ナイトのモンスターとの戦い方はとても戦略的で、メッセージの文面は知的だった。現実ではそこそこちゃんとしたサラリーマンで、あっという間に〝リアル〟な恋人ができてしまったのかもしれない。

まともな価値観を持っていたナイトは、ある日突然、昼も夜もなくハマっていたこのゲームの世界は作りごとだ、と気付いてしまったのだ。

だからネットの世界は嫌なんだ、と思った。

でも現実はもっと嫌だ。

私が嫌ではない場所はいったいどこにあるんだろう。

4

夕食会場にあのおばちゃんはいなかった。お風呂に入る前に夕食を済ませていたのだろう。

ほっとした。

けれど机の上にスマホを置いて片手でゲームを続けながら食事をしたので、せっかくの旅館の夕飯の味はほとんど覚えていない。

もうずいぶん前からひとりの食事のときはいつもこうしていたので、習慣どおりにしただけだ。食事のときに、どこを見ていたらいいのかわからない。

けれどお腹《なか》だけが満たされて、その倍の空しさが胸に広がる。スマホを手放してただ目の前の出来事に向き合うという当たり前のことが、私にはどうしてもできない。

部屋に戻ったら、広い部屋の真ん中にふわふわの布団が敷いてあった。

なんだか泣きそうになって布団に倒れ込んだ。

固いくらいぱりっと糊《のり》が利いた、真っ白なシーツだ。

誰かに寝るところを整えてもらえるのは思った以上に胸に響いた。それも私がご飯を食べているうちに、魔法みたいに素早くこっそりとしてくれるなんて。

しばらく布団の上でごろごろと寝がえりを打ちながら、畳の匂いを深く吸い込んだ。

ふと気配を感じて卓袱台に顔を向けると、写真の母がこちらを見ていた。

「お母さん、旅行、楽しい？」

横になったまま声を掛けた。

高校生になってからは、母と一緒に旅行に行ったことはなかった。

将来は教員免許を取って教師を目指して欲しい、なんてことをちらちら小出しに言ってくる母に冗談じゃないと言い返し、大学はあまり興味のない仏文科を卒業した。

学生時代はサークル活動や飲み会やアルバイトに明け暮れて、ほぼ毎日深夜になるまで家に帰らなかった。社会人になってからは一刻も早くひとり暮らしがしたくて、現実的な目標金額を決めて貯金を始めた。

母の病気が見つかったのはそんな矢先だった。

とても重い病気だと知っていたのに。私は少しも母に優しくしてあげることができなかった。

だって病床の母は、自分の〝生徒〟の話ばかりをしていたから。

サイドテーブルには「先生、早く元気になって！」なんて書いてある寄せ書きや、分厚い手書きの手紙の数々、クラスの集合写真を誇らしげに飾っていた。詩織と一緒に写った写真は一枚もない。

色紙を目にした看護師さんに「すごい！　大人気の先生なんですね！」なんて声を掛けられると、顔を真っ赤にして嬉しそうにしていた。

「これだけは、どうしても仕上げなくちゃいけないの。あの子たちと約束したから」なんて自分に言い聞かせながら、ベッドの上でノートパソコンを広げて補習プリントを作る母の横で、詩織も意地になってスマホのゲームに没頭した。

そんな調子でぎこちない時を過ごしていたある日、幼い頃によく一緒に遊んだ従姉《いとこ》のみっちゃんが母のお見舞いに来た。

「ねえ詩織ちゃん、それ、ずっと、何やってるの？」

詩織より二つ年上のみっちゃんは詩織のスマホ画面に目を向け、困惑した顔をした。

「〇〇ってゲーム。知らない？　ＳＮＳ上で自己紹介タグを付けて、ＤＭでゲームのＩＤ教えて一緒にプレイするの。ほら、Ｓｉｏってこれが私」

ゲームの世界に詳しい人にしかわからないであろう用語で矢継ぎ早に答えたのは、みっちゃんの困惑は至極まっとうなことだとわかっていたからだ。

人からスマホ中毒を指摘されるのがいちばん辛かった。自分がいちばんわかっていることを、いちばん何とかしなくちゃと焦っていることを指摘されると、やはり自分はダメなんだと泣きたくなった。

「……そうなんだ」

　みっちゃんは人生の大半を現実の世界で生きている人らしく、ＳＮＳと聞いただけでドン引きしたような顔をした。

「やだ、みっちゃん、若いのに〝ソシャゲ〟も知らないの？」

　ぎょっとして顔を上げると、窶《やつ》れた顔をした母が、そこだけいつもの自信と生気に溢れた目をしてにこにこしていた。

　ソシャゲ、とはＳＮＳを使ったオンラインゲーム、ソーシャルゲームを略した若者言葉だ。

「詩織だけじゃないのよ。うちの生徒も結構みんな〝ソシャゲ〟にハマってるの。親のカードを勝手に使って〝ガチャ〟の課金して大問題になった生徒もいたり……」

　胸の奥がざらりとした。

「生徒、生徒、ってもうわかったよ！　うるさいっ！」

　たまらなくなって強い口調で遮ったら、母の得意げな笑顔が強張った。

　傍らのみっちゃんの顔も、もっと強張った。

　布団の上に転がっていたスマホに手を伸ばそうとして、急に情けなくなった。ぐっと堪《こら》えた。自分を騙《だま》すようにうんと力いっぱい伸びをする。耳元でシーツがかさかさ音を立てた。

ナイトは今頃どうしているのだろう。

ふいに、この世界から脱出することに成功したナイトのことを思い出す。

うっとりするほど魅惑的でだんだん身体が腐っていくようなネットの世界から、抜け出すことができたナイト。彼は今頃、こんなふうに糊の利いた清潔なシーツに包まれて、まっすぐに現実を楽しんでいるのかもしれない。

きっとあの頃の彼はとても辛い時期だったんだ。まるで今の私みたいに。

ふいに彼の気持ちがわかったような気がした。

だからゲームの世界にとことん没頭して、熱中して。そしてある日ふと、夢から覚めたように現実に帰ってしまった。長い長い時間を一緒に過ごして、何度も熱く語り合った私のことなんてすっかり忘れて。

涙が込み上げた。

私はいったいどうなるんだろう。これからもずっとあの世界から逃れられず、カズヤに捨てられることに怯《おび》えながらネットと現実の境目を揺蕩《たゆた》って生きるのだろうか。

胸がじりじりと熱い。息が浅い。

不安を覚えるとスマホに手を伸ばしたくなる。嫌なことはすべて忘れてあの世界へ飛び込みたくなる。

「お母さん、助けてよ！」

叫んで、勢いよく身体を起こした。

苦しい。どうしていなくなっちゃったの。どうして側《そば》にいてくれないの。お母さんはどうしてずっとずっと、目の前の私ではなく生徒ばかりを見ていたの。

胸の中で呟いて、写真を睨《にら》みつけた。

しばらく荒い息をしているうちに、熱い涙がだらだらと頰を伝っているのに気付いた。

「……ごめん」

大きく震える息を吐いた。

母は悪くない。

母はただ私のために一生懸命働いてくれていただけなのだ。

土日のほとんどを部活動に駆り出されてまともな休みも取れないような過酷な日々の中で、毎朝私にお弁当を作ってくれた。お稽古事にも塾にも大学にも、当然のように行かせてくれた。

慢性的な睡眠不足の生活の中で愚痴一つ言わず、「私、教える仕事が天職だから！」と笑って生き生きと頑張っていた。

母は何も悪くない。悪いのは私だ。

同じ年頃の知らない子にお母さんが取られてしまうようで。小さい子供のように駄々を捏《こ》ねて、感謝の言葉ひとつ伝えられなかった私だ。

「宝塚、行くよ。一緒に観るよ。お母さん、私とそうしたかったんでしょ?」

写真に向かって声を掛けたら、まるで誰かが笑ったように部屋の空気が綻んだ。

5

チェックアウトのときに旅館のフロントで時刻表を貰《もら》い、有馬温泉から宝塚まで四十分ほど阪急バスに乗った。

カーブだらけの切り立った山道を進む間じゅう、ぼんやりと窓の外を眺めた。なるべく遠くを眺めていたつもりだったが、なかなかの山道だったようで酷《ひど》く車酔いをした。

山道が急に開けて川沿いの国道を進み始めたかと思うと、すぐに終点の宝塚駅だ。バスを降りた直後は、太陽を直接見てしまった直後のような透明な点が視界にたくさん広がり、立っているのも苦しいほどだった。

自販機で買った冷たいお茶を飲んで、ようやく少し落ち着いた。

宝塚駅のバス停のあるロータリーは、至って普通のベッドタウンの駅という風貌だ。

いったいどこに劇場なんてあるんだろうと首を傾げながら、「宝塚大劇場」と矢印の書かれた看板を見つけてそれに沿って進む。

駅の反対側にある古いつくりの駅ビルを通り抜けると、横断歩道の向こうに段葛《だんかずら》のような歩道が広がっていた。

「花乃《はなの》みち」と書かれた石碑のある、左右に桜の木が植えられた綺麗に整備された道だ。

今にも雨が降りそうな空はどんよりした灰色だ。せっかくの「花乃みち」なのに暗い空のほうに目が行ってしまうのは、この一帯に極端に人が少ないからだろう。人っ子ひとりいない、とはこのことかと思うような静まり返った光景だ。

拍子抜けした気分で「花乃みち」を進むと、ほどなくして右手に赤い屋根の宝塚大劇場が現れた。

きらきら輝くシャンデリアに赤い絨毯《じゅうたん》、といったホテルのように豪華な劇場を思い描いていたが、建物の中には食堂の料理や人形焼きを焼く食べ物の匂いが漂っていて、どこかお祭りのような雰囲気だ。

旅館で出会ったおばちゃんのアドバイスどおりネットで二階のA席を一枚買い、チケットカウンターで引き換えた。

母の〝旅行日程表〟のとおりに館内の食堂に入った。食堂の席は二割ほど埋まっていた。

学生食堂を思い出すお盆を手にたこ焼きを頼んだら、お寿司《すし》のような桶《おけ》に入って出てきた。

窓辺の席で大きな川の流れを眺めながら、お箸でたこ焼きを食べた。中身がとろりとしていて、屋台で食べるもそもそしたたこ焼きとは別物だ。今まで食べたことがないくらいすごくおいしい。

さすが関西、たこ焼きの本場なんだな、と思いながら、ぱくぱくとあっという間に平らげた。

「お姉ちゃん！　なあ、あんた、昨日のお姉ちゃんやんな？」

甲高い声に振り返った。

あ、まずい、と思う。

「な、やっぱ、そうや。服着てたから、すぐにわからんかったわあ！　今日、13時公演見るんやね？　あと三十分もしたら、このへんめっちゃ人だらけになんで。早く来て正解やね」

昨日、お風呂で一緒だったおばちゃんだ。濃いピンクと黒の幾何学模様のチュニックに白いパンツ姿。大きな琥珀《こはく》のネックレス。

詩織がイメージする、関西のやり手の女社長、という雰囲気の派手な姿だ。

「あ、こんにちは」

このおばちゃんも今日観劇する予定だったのか。きっと面倒臭い話が始まる。何とも言えない表情を浮かべてしまった。

「お母さん、一緒とちゃうの？　何？　喧嘩《けんか》したん？」

おばちゃんは詩織が座っている一人用の席に素早く目を向けて、気の毒そうな顔をした。

「いえ、えっと」

「何、何？　大阪のおばちゃんに話してみ？」

このおばちゃんは兵庫の人ではなく大阪から旅行に来た人なのか、と思いつつ、ここで誤魔化したらもっと意味がわからないことになる。腹を括《くく》った。

「えっと、実は母、亡くなったんです。私と一緒に宝塚を観るのが夢だ、って言っていたんで、今日、写真だけ連れてきました」

リュックサックにそっと触れた。

「えっ！　ほんま！　お母さん亡くなってたん！」

おばちゃんは驚いた顔で、しばらく黙り込んだ。

「たいへんや、そしたらちょっと待っとき。お父さん、お父さん」

慌てた様子で、渋い顔で数独パズルをしている初老の男性の席へ駆け戻る。何やら一言、二言言葉を交わすと、すぐに紫色のビニール袋を持って帰ってきた。

「ほなら、今日、大事な日やね。これな、パンフレットあげるわ。さっき私がトイレ行ってる間に間違《まちご》うて、お父さんも買《こ》うたのよ。パンフレット二つもいらんやろ？　これ、あげる、あげるわ」

紫のビニール袋から、しっかりしたつくりのパンフレットが現れた。表紙では、けばけばしい化粧の男役がちょっと圧倒されてしまうくらい自信に満ちた笑顔でポーズを決めている。

「始まる前にこれ見て勉強しとき。あ、そうそう、座席で前のめりになって見たらあかんよ。あ、あと、ケータイは電源切っとかなあかんのよ。くれぐれもな、忘れんといてな。ケータイな！」

しつこいくらい念を押されて、このおばちゃんは昨夜、ちゃんと夕食会場にいたのだ、とわかった。私がスマホに熱中していたせいで気付かなかったのだ。

「ありがとうございます」

恥ずかしさに顔を熱くして、素直にパンフレットを受け取った。

「お母さん、誰が好きやったん？」

「いいえ、名前とかは何も……」

ぱらぱらとパンフレットを捲《めく》りながら、やはり私にはこの世界の魅力は少しもわからないかもしれないな、と困った気持ちになる。

付けマツゲを重ねた目元、真っ赤な唇、もみあげをばっちり描いたリーゼント、といった不思議な姿の男役たちが、バラの花を口に咥《くわ》えたり、ウィンクしていたり、凄《すご》むような険しい顔をしていたりする。

「これがトップさんやね。トップスター。見たらわかるな。ほんでこれが二番手さん。この子は下級生の頃からとにかく顔がええから特に若い人に大人気よ。こないだの公演から組替えしてきたのよ」

おばちゃんはいかにも嬉しそうに説明してくれるけれど、詩織には分厚い化粧ばかりが目に付いて、顔の違いが少しもわからない。

ふと気付くと、おばちゃんと話しているうちに、みるみる人が増え食堂の席が埋まっていく。

「混んできたのでもう行きますね。パンフレット本当にありがとうございます」

そう言って、おばちゃんのとりとめなく続くお喋りをどうにかこうにか切り上げた。

おばちゃんはにこにこ笑って、

「それじゃ、またね。お母さんもあんじょう楽しんでいらしてくださいな」

と、詩織のリュックサックに向かってぺこりと頭を下げた。

6

「皆さま、本日は宝塚大劇場へようこそお越しくださいました。花組の○○です」

低い声の場内アナウンスがホストの源氏名みたいに煌《きら》びやかな名前を名乗ったら、会場内に拍手が沸き上がった。

詩織も写真立ての入ったポーチを膝に置いて、慌てて手を叩《たた》く。いかにも勝手知ったるという様子の周囲の人たちに呑《の》まれ、最後まで無事に観劇できるんだろうかと心細くなった。

幕が開いた。

オーケストラの迫力ある音が押し寄せる。

華やかなドレスの女の子たちが歌い踊る。衣装が、かつらが、アクセサリーがきらきら輝いてとても豪華だ。そしてとにかく出演者の多さに圧倒される。舞台の至るところに、煌びやかな衣装の出演者がわんさといる。舞台にライトが当たるたびに、光の波が押し寄せてくるようだ。

突然の暗転。スポットライトが当たっておそらく主役であるトップスターが現れると、皆、待ち構えていたように激しく掌《てのひら》を打ち鳴らした。

折り目正しく拍手を終えた周囲の観客が、素早くオペラグラスを構える。

詩織はオペラグラスなんて準備していなかったので、少し眉を寄せて目を凝らし、トップスターの顔を見つめた。けれど遠くてあまりよくわからない。舞台用のとんでもなく濃いお化粧をしているんだな、ということはわかっても、この顔に「かっこいい」という言葉がふさわしいのかどうかは、正直なところ疑問だ。

ダンスが始まる。歌が始まる。芝居も始まった。

時代は十九世紀後半のヨーロッパだ。

とてもクラシックな恋の物語だ。トップスターは一見遊び人風ながら、仲間たちに好かれて頼りにされている純真な心を持った王子様。彼は貴族の美しい令嬢と恋に落ちる。二人は強く惹かれ合うけれど、周囲の環境やタイミングに振り回されて、話は悲しい結末へと進んでいく。

――困った、眠い。

詩織は密《ひそ》かにあくびを噛《か》み殺した。

舞台がつまらないというわけではないのだ。理由は別にあった。

昨夜、いくら眠ろうとしても眠ることができず、結局明け方までゲームをしてしまったのだ。乗り物酔いが酷かったのもそのせいに違いない。

今日はもう失敗した、と思った。

眠くて眠くて、物語が少しも頭に入ってこない。今、目の前で繰り広げられているのは、いったいどこの国の話だったか、なんてことさえ覚束《おぼつか》ない気分だ。

お母さん、ごめん。

詩織は今にも瞼《まぶた》が落ちそうなところで必死に瞬《まばた》きをした。どうにか目を覚まそうと手の甲をつねる。

出演者全員が女性の声、というのも眠くなる理由のひとつなのだ。

男役の声は、怒っても、叫んでも、凄《すご》んでも、脅しても、なんだかどこか優しい。人が殺される不穏なシーンでさえも、身も凍るような恐ろしさはない。

そのせいでなんだかすごく安心して、眠くなってしまうのだ。

「おい、ちょっと待て！」

「畜生！　ふざけるな！」

「何だと？　もう一度言ってみろ？」

「ぶちのめしてやれ！」

そんな粗暴な言葉の数々を心地良く聞きながら、どうにも我慢できずにほんの一瞬だけことんと寝落ちしてしまった。

その一瞬の間に、隣の席に腰掛けた母が、「詩織、ちょっと、起きなさい」というように軽く太股《ふともも》を叩く夢を観た。

あ、怒られた、と思う。

瞬きしてまた舞台に目を向けた。

そしてあっと息を呑む。

この舞台に安心しきっていた理由がわかった。

遠い昔の母の声だった。

幼い詩織に、情感たっぷりに絵本を読み聞かせてくれた母の声だ。

母は、お姫様やお母さんやおばあちゃんはもちろん、王子様におじいさん、どろぼうやオオカミやおばけや妖怪まで、鈴の音のような可憐《かれん》な声から、低い声や擦《かす》れた声やしわがれ声、いろんな声色を使って全力で絵本を読んでくれた。

私のことを決して傷つけたりはしない、最後は必ず助けてくれる、心から安心できる優しい声で。

舞台の上の王子様が、急に光を湛えて輝いたような気がした。

〝彼〟が笑うとこちらまで笑みが浮かぶ。今にも泣き出さんばかりの幸せそうな表情で恋人を腕に抱くと、まるで幼い頃の自分が抱き締められているような気がした。

――お母さん、わかったよ。

心の中で声を掛ける。

苦しい手術に耐えた末に非情な余命宣告をされて、生《い》き甲斐《がい》だった仕事に戻ることも叶《かな》わずに、身も心もぼろぼろに傷ついた母。

そんな母がこの優しく輝く世界に惹かれた気持ちが、胸に沁《し》みた。

うっとりするほど綺麗な若い女性たちが演じる、きらきら輝いてどこまでも優しい夢の世界。到底呑み込むことのできない苦しい運命をひと時だけ忘れさせてくれる、夢の世界。

――でも、王子様の声、お母さんのほうがずっと上手だよ。私にとっては、お母さんの声のほうが、ずっと、ずっと……。

舞台の内容からどんどん離れて漂い始めた心の中で、子供の頃に戻ったように甘えた声で母に呼び掛けたそのとき。

詩織の息が止まった。

ナイトが現れた。

オンラインゲームの中でＳｉｏの側に常に寄り添い、胸の内を語り合い、一緒に戦った大事な仲間のナイト。大事な友達。大事な人。

いや、でも違う。

ただ同じような軍服を着ているだけだ。そんなことを言ったら、王子様の後ろで踊る男役たちも、みんなナイトと同じ軍服姿だ。

王子様は、愛を叫ぶ。跪《ひざまず》いて、あなたが私にとってどれほど素晴らしい存在なのかを熱く語り掛け、その思いを歌と踊りで伝える。

周囲の観客がハンカチで目頭を押さえた。

これこそが皆が待ち構えていたクライマックスのシーンだ、と詩織にもわかる。

詩織は歌の歌詞に耳を澄ます。微かに眉間に皺《しわ》が寄る。

どこかで聞いたことのある言葉だった。

優しい言葉。いつでも君のことを想《おも》っている。君はただそこにいるだけで、ただ生きているだけで最高なんだと繰り返し語り続けるメッセージ。

いやまさか、そんなはずはない。

衣装を見間違えたせいでそう思うのだ。そうだ、さっきの衣装。いったいどうしてあんなありがちな衣装で、ナイトを思い出してぎくりとしたのか。

はっと気付いた。

――サッシュだ。

ナイトと舞台上の王子様の服装の同じところ。それは、軍服にタスキのように斜めに掛けられた、金色と赤の色鮮やかなサッシュだ。

サッシュの向きが違う。

たくさんの軍服姿の男役たちの中で、王子様だけがサッシュの向きが違っていた。そのおかげで、同じような衣装の中に紛れても誰が主役のトップスターなのかすぐにわかる。

ヨーロッパの王族が公式な場で装うサッシュは、本来は右肩から左腰へ斜めに掛ける。パーティーの場では、戦いに使う右手を使いにくくする、という説もあるらしい。当時の肖像画でも現代の写真でも、基本的にサッシュは右肩から左腰に掛けるのが決まりだ。ただし、左肩から右腰へタスキを掛ける、つまり前から見たときに「ノ」の字を描く掛け方もまったくないわけではないようだ。日本でよく目にする政治家の選挙運動のときのタスキがけの風習だ。

日本では、着物の着付けが必ず右前と決まっているから、タスキをヨーロッパと同じ向きにすると、左前の縁起が悪いイメージがついてしまうと聞いたことがあった。

初めて出会ったとき、ナイトの着ていた軍服は細かいところまでとても丁寧に描き込まれていた。あんなデザインを頭の中だけで考えたとは思えない。

きっと、お手本になる誰かの姿を見ながら、そっくりそのまま描き移したデザインだ。

——嘘。嘘だよね？

どうやってナイトと出会ったのか覚えてる？

そうだ、ＳＮＳだ。ナイトはＳＮＳ上でＳｉｏの自己紹介を見てダイレクトメッセージを送ってきて、慣れた様子で、一緒にプレイしたいからＩＤを教えて欲しいと言ったのだ。

あれはいつのことだっけ？

あの日。従姉のみっちゃんに母の病室でゲームについて説明をしたあの日よりも前か、後か。

――後だ。あの病室での出来事からほんの数日後のことだ。母に強い言葉を言ってしまって、重苦しい気持ちがまだ胸に残っていた頃に、ナイトは私の前に現れた。

それじゃ、ナイトはいついなくなったの？　何をきっかけに？　どれほど疲れていてもどんなときでもスマホを手放せないはずの私が、数日間もメッセージを返せなかったのって、それはいったいいつ？

詩織は、あ、と胸の中で呟いた。

――お母さんが亡くなった日だ。あの日から数日間、私はさすがに一度もゲームにログインできなくて。ナイトの最後のメッセージに返信ができなかったのだ。大事な話をしている最中だったのに。大事なメッセージだったのに。それを無視してしまったから、傷つけてしまったのだとばかり……。

最後に、ナイトは何と言っていた？　思い出して。思い出してよ。

隣の席の人が、タオルハンカチで涙を拭いた。

詩織は奥歯を嚙み締めた。

「僕は永遠に君を愛している！」

舞台の上で、王子様がすごくすごく熱い言葉を叫んだ。少しも恥ずかしそうな様子はなく、どうか相手の胸に届いて欲しいと祈るような声で。

私のことを、そしてたくさんの生徒のことを守ってくれた母みたいな声で。

啜《すす》り泣きの音がそこかしこで響く客席で、詩織は嗚咽《おえつ》を堪えながら膝の上の母の写真にそっと手を重ねた。

本書は「Ｗｅｂ集英社文庫」二〇二二年十一月、十二月に配信された作品を加筆・修正して編んだオリジナル文庫です。

本文デザイン／織田弥生（401studio）

短編宝箱

集英社文庫編集部 編

朝井 リョウ
浅田 次郎
伊坂 幸太郎
荻原 浩
奥田 英朗
西條 奈加
桜木 紫乃
島本 理生
東野 圭吾
道尾 秀介
米澤 穂信

2010年代「小説すばる」に掲載された作品から厳選。
人気作家たちが紡ぐ宝物のような11編で、
最高の読書時間を！

渡辺淳一　野わけ
渡辺淳一　化身(上)(下)
渡辺淳一　ひとひらの雪(上)(下)
渡辺淳一　鈍感力
渡辺淳一　冬の花火
渡辺淳一　無影燈(上)(下)
渡辺淳一　孤舟
渡辺淳一　女優
渡辺淳一　仁術先生
渡辺淳一　花《はな》埋《うず》み
渡辺淳一　男と女、なぜ別れるのか
渡辺淳一　医師たちの独白
渡辺将人　大統領の条件　アメリカの見えない人種ルールとオバマの前半生
渡辺優　ラメルノエリキサ
渡辺優　自由なサメと人間たちの夢
渡辺優　アイドル　地下にうごめく星
渡辺優　悪い姉
渡辺雄介　MONSTERZ
渡辺葉　やっぱり、ニューヨーク暮らし。
渡辺葉　ニューヨークの天使たち。
綿矢りさ　意識のリボン
綿矢りさ　生のみ生のままで(上)(下)
＊
集英社文庫編集部編　短編復活
集英社文庫編集部編　短編工場
集英社文庫編集部編　おそ松さんノート
集英社文庫編集部編　はちノート—Sports—
集英社文庫編集部編　短編少女
集英社文庫編集部編　短編少年
集英社文庫編集部編　短編学校
集英社文庫編集部編　短編伝説　めぐりあい
集英社文庫編集部編　短編伝説　愛を語れば
集英社文庫編集部編　短編伝説　旅路はるか
集英社文庫編集部編　短編伝説　別れる理由
集英社文庫編集部編　短編アンソロジー　味覚の冒険
集英社文庫編集部編　短編アンソロジー　患者の事情
集英社文庫編集部編　よまにゃノート
集英社文庫編集部編　よまにゃ自由帳
集英社文庫編集部編　短編宇宙
集英社文庫編集部編　STORY MARKET　恋愛小説編
集英社文庫編集部編　よまにゃにちにち帳
集英社文庫編集部編　短編ホテル
集英社文庫編集部編　短編アンソロジー　学校の怪談
集英社文庫編集部編　よまにゃハッピーノート
集英社文庫編集部編　短編宝箱
集英社文庫編集部編　短編旅館
青春と読書編集部編　COLORSカラーズ
短編プロジェクト編　非接触の恋愛事情

集英社文庫

短編旅館《たんぺんりょかん》

2022年12月25日　第1刷　　定価はカバーに表示してあります。

編　者　集英社文庫編集部《しゅうえいしゃぶんこへんしゅうぶ》
著　者　阿部暁子《あべあきこ》　泉《いずみ》　ゆたか　宇山佳佑《うやまけいすけ》　谷《たに》　瑞恵《みずえ》
羽泉伊織《はいずみいおり》

発行者　樋口尚也

発行所　株式会社　集英社
東京都千代田区一ツ橋2-5-10　〒101-8050
電話　【編集部】03-3230-6095
【読者係】03-3230-6080
【販売部】03-3230-6393（書店専用）

印　刷　図書印刷株式会社

製　本　図書印刷株式会社

フォーマットデザイン　アリヤマデザインストア　　マークデザイン　居山浩二

ISBN978-4-08-744471-1 C0193